Sonya
ソーニャ文庫

はじめまして、僕の花嫁さん

桜井さくや

イースト・プレス

contents

序章

ユーニスが彼――リオンと初めて会ったのは、爽《さわ》やかな風が吹き抜ける初夏だった。

家同士が決めた相手との結婚。

由緒《ゆいしょ》ある伯爵家の跡継ぎと子爵家の娘が結ばれる晴れの日。

教会の鐘《かね》も二人の前途《ぜんと》を祝福していた。

しかし、自分たちの結婚式は僅《わず》かな身内が出席するだけの、驚くほどひっそりとしたものだった。

「はじめまして、僕の花嫁さん」

教会の祭壇《さいだん》の前で向き合い、自分たちはそこで初めて互いの顔を知った。

穏《おだ》やかな低い声を耳にして、ユーニスは緊張ぎみにリオンを見上げ、こくっと喉を鳴らす。

――彼が今日から私の夫となる人……。

艶《つや》やかな黒髪から覗く金色の瞳が印象的な、とても背の高い青年だった。

ユーニスは胸の下で組み合わせた手に力を込める。

わかっていたこととはいえ、初対面の男性を夫とすることに、すぐには実感が湧きそうにない。

しかも、彼はほんの一か月前まで自分の結婚相手ではなかった。

由緒ある伯爵家であるマクレガー家を継ぐのも、本来は彼ではなかった。

列席者が少ないのにはわけがある。

この結婚は『ある事情』によって急遽《きゅうきょ》決められたものだからだ。

――まさか婚約者の弟と結婚することになるなんて……。

自分をまっすぐ見下ろす青年をぼんやり見上げながら、ユーニスはここに至るまでの日々を思い返していた――。

❀　❀　❀

――一か月前。

その日もユーニスは年の離れた弟にせがまれて、二人で庭先へ散歩に出ていた。

「姉上、鳥は空を飛べてすごいね」

「そうね」

「いいなぁ、僕も飛びたいなぁ。あんなふうに飛べたら素敵だね」

「ええ、それにすごく気持ちよさそう」

満面の笑みを向けられ、ユーニスは相づちを打ちながら笑みを返す。

弟のジャックは六歳になったばかりだ。

大空を舞う鳥や樫《かし》の木を駆け上がるリスの姿を見るのが好きで、放っておくと服が泥《どろ》だらけになるほど活発に動き回ってしまう。だからユーニスは彼の話に笑顔で頷《うなず》きながらも、その手をしっかり握っていなければならなかった。

「――…さま！　ユーニスさま！」

そのとき、屋敷のほうから自分を呼ぶ声がする。

振り返ると、侍女がなぜか慌《あわ》てた様子で駆け寄ってくるところだった。

「ユーニスさま…ッ、ずいぶん…ッ、捜《さが》しましたわ……！」

「そんなに息を切らせて、どうしたの？」

「それが……ッ、たった今、旦那さまがお戻りになられて……っ」

「お父さまが!?」

「はい、ユーニスさまにお話があるそうなので、すぐに広間に来るようにと」

「わかったわ」

「……ただ」

「旦那さまは酷《ひど》く険しい表情をされていて……。お出かけになった先で何かあったのでしょうか。あのような旦那さまを見るのは初めてでした」

「……」

侍女の言葉にユーニスは眉を寄せる。

しかし、自分たちを不思議そうに見ている弟の視線に気づき、取り繕《つくろ》うような笑みを浮かべてその場にしゃがんだ。

「ジャック、そろそろ中に戻りましょうか」

「父上に呼ばれたから？」

「ええ、大事なお話があるみたいで、すぐに行かなければならないの」

「お話は姉上だけ？　僕にはお話、ないの……？」

「そんなわけないでしょう？　お父さまだって一か月ぶりに屋敷に戻ったんだもの、ジャックとたくさんお話ししたいはずよ。……だから、少しだけ待っていてくれる？　私の話はすぐに終わるから、ね？」

「……うん、わかった」

「いい子ね」

若干不満げなジャックをなんとか納得させ、ユーニスは小さな頭をそっと撫《な》でる。

「なに？」

自分だけ仲間はずれにされているようで寂しいのだろう。

気持ちはわからなくもなかったが、ユーニスはなんの話で自分が呼ばれたのかだいたいの察しがついていたため、ジャックを一緒には連れて行けなかった。

「悪いのだけど、ジャックを任せてもいいかしら……」

「ええ、お任せください」

「ありがとう」

ユーニスは侍女にジャックを預けると、足早に屋敷に向かう。

父が険しい表情をしていたと聞いて、あまりいい予感はしなかったが、そうも言っていられない。

この一か月、父が屋敷を不在にしていたのは、他でもないユーニスのためだったからだ。

「――ユーニス！」

「お父さま、おかえりなさい」

「あぁ、ただいま。元気にしていたかい？」

「はい、とても。お父さまは…、少しお疲れみたい……」

「……長旅だったからね。向こうでもいろいろあったよ……。お陰《かげ》で予定より長くマクレガー家に滞在することになってしまった」

広間では帰宅したばかりの父がユーニスを笑顔で迎え入れてくれた。

だが、その表情には若干の陰りが見える。

ユーニスは父の後ろに立つ母に何げなく目を向けた。

父の帰りをずっと待ちわびていたから、さぞ喜んでいるのではと思ったが、いつになく母の顔は強ばっている。

「……とりあえず座りなさい」

「はい」

優しく促《うなが》され、ユーニスは素直にソファに向かう。

並んで座る両親の正面に腰掛けると、父は「何から話せばいいものか……」とため息交じりに呟《つぶや》いた。

やはりあまりいい話ではなさそうだ。

頭の隅《すみ》で考えていると、父は数秒ほど間を置いてから、どこか思い悩んだ様子で口を開いた。

「この一か月……、私がどこに出かけていたかは知っているね？」

「はい」

「名門貴族と誉れ高いマクレガー家……。これからおまえの嫁《とつ》ぐ家だ。ここから馬車で十日もかかる遠く離れた場所にある。国境付近を任せられている辺境伯だけあって想像以上に立派な屋敷だった」

「……はい」

「それに、街も大きくて活気に満ちていた。見たことのない食材も山のようにあったぞ。いろいろ買ってきたから、あとで皆で食べよう」

「ありがとうございます」

父の話にユーニスは真剣に耳を傾けていた。

しかし、不意に父の手元に目を落として眉を寄せる。

旅の思い出を語りながらも、その拳《こぶし》は固く握られ、僅かに震えていたからだ。

父は何も観光に出かけたわけではない。

目的は、ユーニスの婚約者に会うことだった。

先ほど父は予定より長く滞在することになったと言っていたが、向こうで何があったのだろう。

話に耳を傾けながら、ユーニスは固く握られた父の拳をじっと見つめていた。

「……いや、こんな回りくどい話はやめよう……。私は結論を伝えるためにおまえをここに呼んだのだ……」

ややあって、低い呟きが耳に届いた。

顔を上げると、表情の失せた父と目が合う。

眼差しには微かな怒りを孕《はら》んでいるようにも感じられた。

「……お父さま？」

父のこんな顔は初めて見る。

ただならぬ様子に目を見張っていると、父は驚くべきことを話し出した。

「ユーニス……。落ち着いて聞いてくれ。おまえの婚約者…、カミユ・フォン・マクレガーは失踪《しっそう》していることがわかった」

「……え？」

「だから、マクレガー家は間もなくカミユの弟が継ぐことになる。今から一か月後、おまえがその弟と結婚するときに爵位も彼に渡るそうだ。何度も話し合いを重ねて、そう決めてきた」

「……ッ、お、お父さま……？　それは、どういう……」

「名はリオン。おまえより二つ下の十八歳だ」

「お父さ……」

「カミユはあの家には戻らない。二年前にはすでに失踪していたんだ」

「――!?」

矢継ぎ早に語られる父の話にユーニスは声を呑む。

けれど、いきなりこんな話をされても簡単に呑み込めるはずもなく、ユーニスは助けを求めるように母に目を向ける。

母は強ばった表情のまま父の横顔を窺っていたが、すぐにこちらに視線を戻し、躊躇《ためら》いがちに首を横に振った。

「……っ」

無言の返答にユーニスは言葉を失う。

母は自分にはどうすることもできないと言っているのだ。

——失踪って、どういうこと……？

いくら考えてもわからない。

これまで相手の家から聞かされてきた話とはあまりに違いすぎていた。

「……カミユさまは……、留学なさっていたはずでは……」

戻らないとは、失踪とはどういうことなのだろう。

やっとのことで声を絞り出すと、父はさらに拳にぐっと力を込めて低く答えた。

「留学は…、嘘だったのだ」

「……う…そ？」

「そうだ。失踪を隠すためのな」

「……ッ」

「ユーニス、二年前、私が彼らに手紙を送ったときのことを覚えているかい？」

「……は、はい……」

「あのとき、おまえはすでに十八歳だった。結婚していてもおかしくない年齢だったが、相手が大貴族となると、こちらから言い出すのもなかなか勇気がいるものでな……。向こうにも都合のいい時期があるのだろうと話を切り出してくれるのを待っていたが、一向に動く様子がない。考えあぐねた末に、やむを得ず出した伺いの手紙だった。……その半月後、マクレガー伯から手紙が返信されてきたが、そこにはカミユが留学したことや、マクレガー家にとってそれがいかに重要なことか、報告が遅れたことをそれとなく詫びる内容のもので、ずいぶん驚かされたことを覚えている。しかし、躊躇いながらもそのことを話したとき、留学が後々のために必要であるならとおまえは快く受け入れてくれた。あのときは我が娘ながら、その懐の深さに感心させられたものだ」

「……」

「だが、あれからもう二年が経つ。おまえも二十歳になり、いつまでも大人しく待ってはいられない。業を煮やしてマクレガー家に出向いたわけだが……、彼らはまだしばらく我々に黙っているつもりだったのだろうな……。突然押しかけたとはいえ、マクレガー夫妻の動揺はかなりのものだった」

そこまで話すと、父はソファに深くもたれかかって天井を仰《あお》ぐ。

その疲弊《ひへい》した表情を見て、母は心配そうに自身の手を父の手に添える。

父は僅かに表情を和《やわ》らげ、柔《やわ》らかな手を握り返しながら母を見つめた。

――お父さま、すっかり疲れ切ってしまっているわ……。

馬車で十日もかけて出向いたというのに、今になってそんな事実を知らされたのだから当然だ。仮にも家同士で決めた婚約者に二年も真実を黙っていたのだから、ずいぶん馬鹿にされた話でもあった。

ユーニスは生まれたときからカミユと結婚することが決まっていた。

貴族にとってそういった相手がいるのは珍しいことではないが、数ある子爵家の一つに過ぎないこの家が大貴族とも言える家と繋がりを持てることは、非常に運のいい巡り合わせではあった。

この縁は互いの先代が知己とも呼べる間柄だったからだと聞いている。

特にマクレガー家の先代は国王からの信頼が厚い人物だったようで、亡くなったあとも後生に強い影響力を残すほどだったという。いつか互いの孫を結婚させようなど、ユーニスの祖父にとっては若かりし頃の冗談を交えた口約束に過ぎなかったが、生真面目な性格だった先代のマクレガー氏にとってはそうではなかった。亡くなる前に遺言の一つとして残したために、ユーニスが女として生まれた瞬間からマクレガー家の長子であるカミユと結婚することが決まった。

とはいえ、先代が友人同士だったからといって、それが世代を超えて続くとは限らない。互いの家が遠ければ交流を持つにも限界がある。親同士が時折手紙のやり取りをする程度の関係はなんとか続いていたものの、ユーニス自身はただの一度もカミユと会ったことはなかった。

だからだろうか。

婚約者が失踪したと聞いても、さほど感情が揺れない。

衝撃的な話に驚きはするが、悲観して取り乱すといったこともなく、ユーニスは極めて冷静だった。

——確かに世間体を考えれば、失踪なんて誰彼《だれかれ》構わず話せることではないわ。それはわかるけれど、どうしてこんなに長い間、私たちにまで隠していたのかしら?

話を聞く限り、ユーニスを気遣って黙っていたとは思えない。

どのみち発覚するのは時間の問題だったはずだ。

所詮《しょせん》は格下の家だからと黙っていたのだろうか。

黙っているほうが、互いの傷を余計に深めると思うのだが……。

あれこれ考えを巡らせていると、父が苦笑ぎみに口を開いた。

「ユーニス、何か聞きたそうだな」

「え?」

「なぜ今まで黙っていたのか理解できない……、といった顔をしている」

「いっ、いえ……っ」

どうやら疑問が顔に出ていたようだ。

父に問われてユーニスは慌てて首を横に振る。自分に関わることとはいえ、臆面《おくめん》もなく立ち入ったことを聞くような、はしたない真似はできなかった。

「まぁ…、疑問に思って当然の話ではあるか……。私が言わずとも、いずれ耳にするときがくるだろうが、あとで知るより今のうちに話しておくべきかもしれない……」

赤面して俯《うつむ》いていると、不意に自問自答のような呟きを耳にする。

見れば、一旦は和らいだ父の表情が引き締まっていた。

「お父さま……？」

まだ何かあるのだろうか。

父は崩《くず》した姿勢を正し、ユーニスとまっすぐ向き合う。苦々しく息をつくと、やや躊躇いがちに答えたのだった。

「……失踪の際、カミユは手紙を残したそうだ」

「手紙を？」

「あぁ、それには家を継ぐ意志がないことや、好きな女性がいることをほのめかす内容が書かれてあったらしい」

「……、それ……って……」

「彼は家を捨てて恋人と駆け落ちをしたということだ」

「……っ」

「聞くところによると、相手はマクレガー家よりもさらに格上の貴族の一人娘だったために、この二年間、かなり立場を悪くしていたらしい。駆け落ちなど、娘がふしだらだと思われてしまう。口外することは断じて許さない、一刻も早く娘を返せと相手の家に責められ、躍起になって捜すも一向に見つからず……。そんなところへ本来の婚約者の父親である私が現れた。さすがの私も失踪したと聞かされては黙っていられない。しかし、激高する私にマクレガー夫妻は青ざめるばかりで、何も言い返せない様子はある意味哀れでもあった。夫人などは心労でこれまで何度も倒れているそうで、今思えば痛々しいほど痩《や》せていたな……」

「……そんなことが……」

父の話にユーニスは胸を押さえる。

──だから二年も隠していたのね……。

さすがに駆け落ちとは考えもつかなかったが、今の話でようやく納得がいった。

同時に、激高した父がマクレガー夫妻とどんなやり取りをしたのかもわかってしまった。

このことを他言してほしくない彼らと、裏切りを許せない父。

折り合いをつけるには次男に家を継がせ、ユーニスを彼に嫁がせる以外になかったのだろう。

二十歳を過ぎた娘の相手を今から探すのは大変なことだ。

責任を取らせる意味でも、それが一番丸く収まるやり方だった。

「ユーニス、おまえの不安は理解する。……だが、受け入れてくれ。リオンはまっすぐな目をしたいい青年だった。年下ではあるが、彼とならうまくやっていけるだろう」

その言葉に、ユーニスは俯いて目を伏せた。

父は精一杯動いてくれた。

他に道がないこともわかっている。

それは理解しているし、ありがたいとも思う。

ただなんとなく、虚《むな》しく思ってしまう。

——どう転んでも、私は会ったこともない人と結婚する運命なのね……。

本当のことを言えば、二年前にカミユが留学したと聞いたとき、ユーニスは内心ほっとしていた。知りもしない相手と結婚することに気が進まず、ずっとこのままでいられたらなどと思っていたのだ。

自分は誰とも恋愛をしたことがない。

不謹慎《ふきんしん》だとは思うが、駆け落ちするほど好きな相手がいるカミユが少しだけ羨《うらや》ましかった。

「……わかりました。その方と…、リオンさまと結婚いたします」

それでも、ユーニスは大人しく頷く。

黙って受け入れる以外、自分にできることはない。

できることがあるとするなら、ただ一つ。

そのリオンという青年と寄り添っていけるよう努力していくことだけだと、腹を括《くく》るしかなかった――。


そうして迎えた結婚式。

身内だけのひっそりしたものとなったのは無理もないことと言えた。

行き場のない自分を引き受けることになった二歳下のリオン。

いきなり家を継ぐことになったうえに、兄の婚約者だった娘と結婚させられるのだ。

考えてみると、彼こそがこの一件によって振り回された一番の被害者かもしれない。

『はじめまして、僕の花嫁さん』

さぞや複雑な気持ちでいるだろうと不安だったのに、リオンは思いがけず優しい笑みを向けてくれた。

もしかして、彼は緊張を和らげようとしてくれたのだろうか。

祭壇の前でリオンと向き合ったまま、ユーニスは彼をじっと見つめた。

彼もまたユーニスをじっと見つめていた。

こんなふうに誰かと見つめ合ったのは初めてだ。

リオンの目が、あまりにまっすぐだったから逸《そ》らせなかった。

「……はじめまして、旦那さま」

どれくらいの間、自分たちは見つめ合っていたのだろう。

気づけば、ユーニスはそう笑いかけていた。

「……、……よろしく、…ね」

すると、リオンは何度か瞬きをしてから小さく頷く。

緊張しているのか、ユーニスの左手の薬指に指輪を嵌《は》める彼の手は冷たく、微かに震えていた。

第一印象は大人びていると思ったが、そのときの様子は年相応に感じられた。

式の間、二人が交わした会話はそれだけだ。

ただ、たびたび目が合った。

ユーニスが視線に気づいて首を傾げると、リオンはそのたびにハッとした様子でそっぽを向いてしまう。

嫌われているのかと思ったが、そういうわけでもなさそうだった。

何度か目が合ううちに、パッと背けた彼の頬がほんのり赤くなっていると気づいたからだ。

——嫌々結婚したわけではないと、そう思ってもいいのかしら……。

彼がこの結婚を内心でどう思っているのかはわからない。

それでも、リオンはしばしば観察するような目でユーニスをじっと見ていたから、一応は興味を持ってくれているのかもしれない。

彼はこれから一生を共にする相手だ。

どこか摑《つか》み所のない不思議な雰囲気はあるが、冷たい目を向けられないだけでもよかったと、ユーニスは密かに胸を撫で下ろすのだった。

第一章

どこまでも続く街並み。

通り過ぎるときに目にした、人々の屈託のない笑顔。

教会で誓いを立てたあと、ユーニスたちはマクレガー家の屋敷へ向かうべく早々に馬車を走らせた。

街を駆け抜けるさなか、目に映ったものはこれまで自分が過ごした場所とは比較にならないほどの活気に満ちていた。

マクレガー家はこんなにすごい場所を領地として治めているのかと、圧倒されながら三十分ほどが経った頃、馬車はいつしか広大な森を駆け抜け、やがて目の前に城かと見紛うほどの大きな建物が現れた。そこが、ユーニスがこれから過ごすことになるマクレガー家の屋敷だった。

――もう頼れる人はいない。

両親とは教会を出るときに別れた。

弟のジャックは状況が呑み込めていなかったのだろう。ユーニスが一緒の馬車に乗らないと聞くと、「姉上と一緒に行く」と言って皆を困らせ、それが叶わぬことだとわかると顔をくしゃくしゃにして泣きじゃくっていた。

まだ六歳のかわいい弟。

後ろ髪をひかれる思いだったが、本当ならとうに訪れていたはずの別れだ。

次に会えるのは何年先になるかわからないけれど、今はジャックが跡継ぎとして立派に成長する日を楽しみにしていよう。

家族との別れに想いを馳せながら、足を踏み入れたマクレガー家の屋敷。

初夜を迎える準備が整う頃には日が暮れ、ユーニスは案内された夫婦の寝室で侍女に髪を梳《と》かしてもらっていた。

「――まぁ、なんてしなやかな髪でしょう。櫛《くし》を通すのが心地いいなんて初めてですわ」

「ありがとうございます」

ふっくらとした手がユーニスの金髪を櫛で優しく梳いていく。

彼女の名はカーラ。これから身の回りのことを世話してくれるそうで、ユーニスより二歳上の、笑顔の明るい好感の持てる女性だった。

カーラはユーニスの緊張を感じ取ってか、先ほどからあれこれ話しかけてくれる。

一人でいれば不安が膨《ふく》らんでいただろうが、着替えを手伝ったり、飲み物を用意しながらさり気なく気遣ってくれているのがわかって、ずいぶん気持ちを紛らわせることができた。

「それにしても、リオンさま……遅いですわね」

「そう、ですね……」

カーラはふと櫛を梳かすのを止め、扉のほうに目を向けた。

ユーニスも扉に目を向けて小さく頷く。

確かに遅い。初夜に備えて身体を清め、こうしてネグリジェ姿になってからすでに一時間は経っていた。

「まさか……、向こうにいらっしゃるんじゃ……」

「……向こう？」

「あっ、いえ…ッ、なんでも……っ」

「……？」

何か心当たりがあるのだろうか。

ユーニスが聞き返すと、カーラは首を横に振って無理に作った笑みを浮かべる。

それだけでなく、彼女は急に落ち着かない様子になって右に左に櫛を持ち替えていた。

その直後、

「あっ、あの…ッ、私、少し様子を見に行ってきます！」

「え…っ!?」

彼女はテーブルに櫛を置くと、ユーニスの返事も待たずに部屋を出て行ってしまった。

廊下を駆ける足音が遠ざかっていく。

突然のことにユーニスはぱちぱちと目を瞬かせる。

そのまましばし動かずに彼女を待っていたが、耳を澄ませても部屋の外からはなんの音も聞こえず、すぐには戻ってきそうになかった。

「そういえば、ここに来て一人になるのは初めて……」

やがて大きく息をつき、ユーニスは身じろぎをしながら辺りを見回す。

すみれ色の絨毯《じゅうたん》。

ダマスク柄の白い壁紙、淡い緑のカーテン。

部屋の中央に置かれた大きな天蓋《てんがい》付きのベッドがある以外、目につくものは小さなテーブルと二脚の椅子くらいだ。

言うまでもなく、ここは夫婦の契《ちぎ》りを交わす寝室だ。

けれど、肝心の夫はなかなかやってこない。

——やっぱり、彼は結婚なんてしたくなかったのかもしれない……。

ユーニスはさらに深いため息をつき、天井を仰ぐ。

妻のほうが一時間も寝室で待ちぼうけだなんて、当たり前にあることとは思えない。

式の間、リオンの視線を何度も感じたから、多少は興味を持ってくれているのではと思ったが気のせいだったようだ。

いきなり躓《つまず》いてしまって、これからどうしたらいいのだろう。

――コン、コン。

途方に暮れかけていたとき、部屋に近づく足音と共にノックの音が響いた。

少し油断していたため、ユーニスは驚いてびくっと肩を揺らす。

直後に扉が開き、息を弾《はず》ませたカーラが蒼白《そうはく》な顔を覗かせた。

「ユーニスさま…ッ、すっ、すみません…っ！」

「カーラさん？」

「私ったら、こんなにお待たせする前に気づくべきでしたのに……。あぁ、どうしましょう……っ」

「何かあったのですか？」

「それが……、リオンさまはアトリエのほうにいらしたみたいで……」

「……アトリエ？」

「えぇ、あの場所が居心地がいいようで、リオンさまは普段からあちらでお休みになることが多いのです。けれど、さすがに今夜はここで過ごされるものと思っていたものですから……」

カーラはそう言って何度も頭を下げる。

つまりそれはどういうことだろう。

状況がよく摑めないが、行き違いがあったということだろうか。

「でしたら、その……アトリエに行けばいいのでしょうか」

「はっ、はい…っ、いえ……、おそらく……そういうことではないかと……」

しかし、カーラの返答はどういうわけか曖昧《あいまい》だ。

彼女もこういうことになるとは思っておらず混乱しているのだろう。

なんにせよ、ここで待っていてもリオンは来ないのだ。

無駄に時間を過ごしてはいけないと思い、ユーニスは意を決して立ち上がった。

「アトリエまで案内していただけますか？」

「行っていただけるのですか…ッ!?」

「ええ、もちろんです」

「あ…っ、ありがとうございます…っ！」

あまり気にしてほしくなかったので、ユーニスはにっこり笑って頷く。

彼女はほっと胸を撫で下ろした様子で、涙を浮かべて何度も謝罪をした。

この家のことはまだよくわからないが、リオンが別の場所で待っているというなら自分はそこに行くだけだ。

夏といえど、夜になるとそれなりに気温が下がるため、ユーニスはショールを羽織り、内心首を捻《ひね》りながらカーラの案内で彼のもとに向かうことにした。

少し驚いたのは、案内されたのが屋敷の外だったことだ。

屋敷から続く細い通路を抜けたところに小さな建物があり、近づくとほのかに灯りが見えてくる。そこが、いつもリオンが休んでいるというアトリエだった。


——なんだか、妙なことになってきたわ……。

それからしばらくのこと、ユーニスはランプを手に、慎重に歩を進めていた。

傍には誰もいない。

カーラはアトリエがある建物まで付き添うつもりだったようだが、ここから先は誰かに頼るものではないと思い、細い通路の中程でもう一人で大丈夫だと断った。

本当は心細くて仕方ないけれど、自分は彼の妻になったのだ。自分でなんとかしなければと思ってのことだった。

ユーニスは辺りを見回しながらアトリエの前に立つと、コンコン…と遠慮がちに扉を叩いて中の様子を窺う。

——バサバサバサ…ッ。

すると、すぐ傍で突然何かの音が響く。

「きゃあ…っ!?」

それがあまりに大きかったので、驚いて小さな悲鳴を上げると、「バサバサ…ッ」とまた続けて音がした。

「なっ、なに…ッ、……え?」

一体なんの音だろうと、おそるおそる顔を向ける。

見ればアトリエの前には樫の木があり、ランプをかざして目を凝らすと、フクロウらしき鳥がとまっていた。

夜行性だからか、両目が光っている。

こんなに近くで見たのは初めてだ。

きっと、扉をノックした音で驚かせてしまったのだろう。

——何もしないとわかれば襲ってこないわよね……?

自分は害のない人間だと伝えるため、ユーニスはなんとなくそのフクロウに会釈《えしゃく》をしてみる。なぜそうしたのかはわからないが、やけに視線を感じたので挨拶《あいさつ》をしたほうがいいような気がしたのだ。

挨拶を済ませたところで、ユーニスは気を取り直して再び扉をノックする。

しかし、灯りはついているのになんの返事もない。

何げなくドアノブに手をかけると扉が開いた。

どうやら鍵がかかっていないらしい。

ユーニスは考えあぐねた末に、もう一度フクロウに会釈をしてから建物の中に足を踏み入れた。

そろそろと廊下を進むと、すぐに開けっ放しの扉が目に映る。

ここにリオンがいるのだろうか。

ユーニスはごくっと喉を鳴らし、緊張ぎみに部屋の中に目を凝らす。

薄暗くてはっきりとは見えないが、中はとても広い。

勝手に入っていいものか迷いながらも数歩ほど中に足を踏み入れると、ぼんやりしたランプの灯りの傍に人影が見えた。

「……誰？」

その直後、ゆらりと人影が動く。

ユーニスの気配に気づいたのだろう。

聞き覚えのある声にそこにいるのがリオンだと確信し、ユーニスは勇気を振り絞って声をかけた。

「あの……、ユーニス……です」

「……えっ？」

人影は身じろぎをし、沈黙が流れる。

来てはいけなかっただろうか。

驚き交じりだった彼の声に微かな不安が胸に過ったが、不意に人影が動く。

それを黙って目で追いかけていると、足音が近づいてきて、手にしていたランプが次第にその姿を映し出す。彼は教会にいたときと同じジャケットで、着替えもしていないようだった。

「……一人で来たの?」

「あ、いえ…、途中まで送ってもらいました」

「そうなんだ。……あ、中に入る?」

「……はい」

すでに足を踏み入れてしまっていたが、言われてコクンと頷く。

リオンは中が薄暗いことを気遣って手を差し出してくれたので、その手を取って二人で奥に入っていった。

部屋の奥にはいくつもの棚があり、キャンバスが並んで置かれてある。

リオンが戻った場所にも描きかけのキャンバスがイーゼルにのせられてあり、傍にある小さなテーブルには画材道具が散らばっていた。

「絵を…、描かれるんですか……?」

「……少しだけ」

どうやら彼は今まで絵を描いていたみたいだ。

ユーニスはランプをかざし、描きかけの絵に目を凝らす。

――これは……。たぶん、人よね？　髪が長いから女性かしら……？

首を傾げ、まじまじとその絵を観察していると、リオンは隣に立って恥ずかしそうに口を開いた。

「……君を描いていたんだ」

「えっ!?」

「だから、君を描いて……」

「……っ、……これ、私なんですか？」

ユーニスは目を見開き、リオンに問い返す。

無言で頷く彼を横目に、改めてその絵を見つめた。

――これが私……？

まさか自分だとは思いもしなかった。

白いキャンバスの真ん中に女性が立っていて、おそらく笑っているのだろう。

しかし、線がはっきりしないその絵は一瞬人と認識できないほどで、お世辞《せじ》にもうまいとは言いがたいものだった。

「その…、とても素敵に描いてくださって……」

「無理に褒《ほ》めなくていい。下手だって知ってる」

けれど、言葉を探して礼を言おうとすると、彼はそっぽを向いてしまった。

お世辞にもうまいとは言いがたいなんて思ったから、それが伝わってしまったのかもしれない。

──だめよ。パッと見ただけで判断してはいけないわ……。

もっと具体的な感想を言えばよかった。

怒らせてしまったのだと思い、ユーニスは慌ててキャンバスに目を戻す。

ところが、数秒ほど眺めていると、この絵がとても丁寧に描かれていることに気がつく。

よくよく見れば、淡い色が幾重《いくえ》にも繊細に重ねられているうえに色使いが優しい。不思議と描かれた自分まで優しい女性に見えてくるのだ。

──彼は私をこんなふうに見てくれているの？

ユーニスは自分の胸にそっと手を当てる。

会ったばかりなのに考えすぎだとはわかっているが、なんだか心の中がほんわかと温かくなるのを感じた。

「あの…、本当に嬉しいです……。とても丁寧に描かれてあって、全体の雰囲気も優しくて……、なんていうか、私はすごく好きです」

「え…っ」

ひとしきり眺めたあと、やや顔を赤くしながらユーニスは彼に感想を伝えた。

まだ途中なのだから、もっと素敵に仕上げてくれるに違いない。

そう思いながらリオンの様子を窺うと、背けた頬が心なしか赤くなっていた。

「この絵…、完成したらいただけますか？」

「……ほしいの？」

「はい、とても」

「え…と、えと……。じゃ、じゃあ…、もっと上手に描けたらそれと交換してくれる？ それなら、あげてもいいよ……？」

「わかりました。仕上がり…楽しみにしていますね」

「……ん」

彼は小さく頷き、その唇は僅かに綻《ほころ》んで嬉しそうだった。

――なんだかかわいい人……。

ユーニスはくすりと笑い、彼の横顔を見つめる。

なかなか寝室に来ないから後ろ向きなことを考えてしまったが、こんなふうに自分の絵を描いてくれていたのだから、嫌われているわけではないと思っていいのかもしれない。

「……そこ、座っていいよ。立って話すのも変だから」

彼はそう言ってキャンバスの前に置かれた椅子を指差す。

だが、これは彼が使っていた椅子ではないのだろうか。

自分が座っていいのかと迷っていると、リオンは部屋の隅にあった別の椅子をユーニスの前まで持ってきて腰掛けた。

「あの…さ」

「……はい」

「動物…、好き？」

「え？　……え、えぇ…」

唐突な問いかけに、ユーニスはぎこちなく頷く。

意図を摑めぬまま自分も腰掛けると、彼はそれを目で追いかけながら話を続けた。

「……このアトリエにいると、いろんな動物がやってくるんだ」

「いろんな……？　あ、たとえば……フクロウとか？」

「うん、よくわかったね」

「ここに来るときに木にとまっていたのを見て……」

「ポポに会ったんだ？」

「……ポポ？」

「あのフクロウの名だよ。何年か前に怪我《けが》していたのを見つけて、世話をしたことがあったんだ。すっかり元気になったから森に放したんだけど、それ以来頻繁《ひんぱん》に顔を見せに来るようになったんだよ」

「そうだったんですか」

彼の話にユーニスは目を丸くして相づちを打つ。

世の中には思いもよらない不思議な話があるものだ。

ということは、あのフクロウはリオンの友達なのだろうか。

飼っているわけでなくとも名をつけているのだから、大事に想っているのは間違いなさそうだった。

「挨拶しておいてよかった。目が合ったから、なんとなくそうしたほうがいい気がしたんです」

「へぇ、そうなんだ」

「他にもお友達がやってくるんですか？」

「友達？」

「いろんな動物がやってくるって……」

「あぁ…。友達かどうかはわからないけど、怪我をしていたり、親とはぐれた仔犬を見つけたり、時々そういう場面に遭遇するだけだよ」

「なら、ここに来るのはリオンさまが助けた子たち……？」

「ん、だいたいそう……。だから、君は動物…大丈夫かなと思って聞いたんだ」

先ほどの唐突な質問はそういうわけだったのか。

ユーニスは納得して、感心しながら何度も頷く。

助けた動物が今も顔を見せにやってくるなんて本当に不思議な話だ。

言葉が通じなくとも、彼らは助けてくれたことを理解しているのだろうか。

自分はそういった場面に遭遇したことはないが、誰もが手を差し伸べるわけではないはずだ。だからこそ、優しくしてくれたリオンを慕《した》って今も会いに来るのかもしれなかった。

——だって、この絵からも優しさが伝わってくるわ……。

ユーニスは描きかけのキャンバスに目を向け、思わず笑みを零した。

「……なんか、安心した」

「え？」

不意にリオンがぽつりと呟く。

目を戻すと、彼はほっとした様子で息をついていた。

「君はすごく怒ってると思ってたんだ」

「怒る…？　私が…ですか？」

ユーニスは首を傾げる。

どうしてそんなふうに思われていたのだろう。

すると、彼は表情を曇《くも》らせてユーニスから目を逸らした。

「だって君は兄上が恋人と駆け落ちしたこと、ずっと知らされずにいたんでしょう？　それがどんなに酷い話かは僕でもわかる。挙げ句、その弟と結婚させられて……。だから、どうやって君に謝ろうかと僕はずっと考えて……」

「そんな…、どうしてリオンさまが謝るんですか？　あなたはこの話に巻き込まれた一番の被害者じゃないですか」

「え、僕が…？」

「はい」

ユーニスは大きく頷く。

確かに酷い話だが、リオンが謝罪する理由はどこにもない。

むしろ家の都合で振り回された彼のほうが、こんなことになって迷惑しているのではと思っていたほどだった。

にもかかわらず、ユーニスの言葉にリオンはきょとんとしている。

逸らした目を戻し、不思議そうに見つめられた。

「……でも、僕には決められた相手はいなかったし、誰かが家を継がなければいけないなら仕方ないいんだろうって深く捉《とら》えてなかった……。だから君との結婚も巻き込まれただなんて思ってないよ？」

「そう、なんですか……？」

「うん。それより、君は僕が相手でいいの？」

「え？」

「僕は…、兄上みたいに優秀じゃないよ……？」

彼はそう言って眉を寄せ、拗ねたような顔で俯く。

そんな顔をするだなんて、リオンはカミユと比較して自分にコンプレックスを感じているのだろうか。

まさかそんなことを気にしているとは夢にも思わず、ユーニスは内心驚きながら、ふるふると首を横に振った。

「私、あなたを誰かと比べたりしません。……そもそも比べられるほどカミユさまを知らないんです。これまで一度もお会いしたことがありませんでしたから」

「え？　兄上と会ったことないの？」

「ええ、幼い頃に何度かそういう話はあったようですけど、結局互いの都合がつかなかったみたいです。場所が遠いといろいろ難しいのでしょうね……。だからでしょうか。カミユさまの失踪の話を聞いて驚きはしたのですけど、傷ついた感覚はなかったんです」

「……そうだったんだ。てっきり、君たちは何度か会って親交を深めているものと思っていた」

彼は瞬きを繰り返し、驚いた様子でユーニスを見つめる。

リオンはこういったことは何も聞かされていないらしい。それほどこの結婚が彼にとって突然訪れたものだったのだと、改めて気づかされるようだった。

「あの…、リオンさまこそ…、私が相手でいいのでしょうか」

「どうして？」

「その……、私はあなたより二歳も上なんです……。もっと…、若い娘のほうがよかったのではと……」

いつだったか、誰かが話していたのを聞いたことがある。

男性の多くは若い娘を好むものだと……。

ユーニスが二十歳を過ぎてしまったのは事情があってのことだが、十四、五歳での結婚が珍しくない世の中で、年上の自分を無理に押しつけられたリオンに、なんだか申し訳ない気持ちになってしまうのだ。

「……えぇ…と…」

ユーニスの問いかけにリオンは困惑しているようだ。

やや長めの髪を掻き上げ、眉を寄せてあれこれ考えを巡らせている様子だったが、ややあってコクッと喉を鳴らすと、僅かに頬を赤くしてたどたどしく答えた。

「若い娘がいいかは…、僕にはよくわからないけど……」

「……はい」

「君は…、とても綺麗だと……思う……」

「え…？」

「……き、聞き返さないで。こんな恥ずかしいこと何度も言えない……っ」

リオンはますます顔を赤くして口を尖《とが》らせる。

一瞬何を言われたのかわからなかったが、一拍遅れて理解すると、ユーニスは初々しい彼の反応につられて自分の顔がカーッと熱くなるのを感じた。

「あ…、ありがとう……ございます」

「別に…っ、礼を言われることじゃ……」

彼は耳まで真っ赤にして、膝に置いた自分の手を握ったり開いたりしている。

その動きを目で追いかけたあと、ユーニスはリオンの赤くなった顔を見つめた。

――やっぱり、不思議な人……。

彼のような人に会ったのは初めてだ。

会ったばかりなのに、どうして自分の気持ちをこんなに素直に話せるのだろう。

この人がとても正直だからだろうか。

まっすぐに見つめる金色の瞳。

艶やかなくせのない黒髪。形のいい唇に高い鼻梁《びりょう》。

一瞬どきっとするほど整った顔立ちをしているからか、黙っているとリオンは自分より年上に見える。

それが、こうして話してみるとまったく違う印象に変わっていく。

一緒にいても息苦しさがない。

互いに振り回されて、同情しているからだろうか。

いつの間にか、自分たちはとても自然に向き合っていた。

「……ユーニスって…、呼んでもいい？」

やがて、リオンは顔を赤くしたままこちらに目を向ける。

わざとではないのだろうが、上目遣いで見られて心臓が跳《は》ね、ユーニスも顔を赤らめたままこくんと頷いた。

「僕のこともリオンだけでいいよ」

「……はい。……リオン」

「……ん」

名を口にすると、彼は小さく返事をする。

けれど、リオンは恥ずかしそうに俯いてそれきり黙り込んでしまう。時折こちらの様子をチラチラと窺ってくるが、ユーニスに触れようともしなかった。

沈黙に包まれるアトリエ。

椅子に座って向き合うだけの二人。

ユーニスはじっと彼を見つめる。

ここまで話をした印象からして、彼は女性に対して積極的な人ではなさそうだった。

そもそも、初夜だというのにアトリエでずっと絵を描いていたことを思うと、自分と夜を過ごすつもりがあったのかも疑問に思えてくる。

――まさか夜の営みの知識がないとか……？

さすがにそれはないとは思うが、彼のまっすぐな目が弟のジャックと重なる気がして、このまま何もせずに初夜が終わってしまうのではと思ってしまう。

こういう場合はどうしたらいいのだろう。

待っていても進展は期待できそうにない。

ならば、彼が動けるように自分がなんとかしたほうがいいだろうか。

ユーニス自身も初めての経験ではあるが、リオンと話していると、なぜか手を差し伸べたくなってくるのが不思議だった。

「あの……、あなたの手に……触れてもいいでしょうか？」

「え…っ」

「だめですか？」

「だめじゃ……、い…、いいよ……」

リオンは僅かに動揺しながら両手を差し出す。

そんなふうに差し出されるとは思わず、ユーニスは小さく微笑んで彼の両手をそっと握って引き寄せる。自身の頬に彼の左の手のひらを押し当てると、握ったままでいた彼の右手がぴくっと動いた。

「私と触れ合うのは、いやではありませんか？」

「い……、いやなんかじゃ……、どうしてそんなこと聞くの……？」

「今日があなたと過ごす初めての夜だからです。私はあなたの妻になるためにここに来たのですから……」

「……ユーニス」

リオンは目を見開いて息を呑み、少し強めにユーニスの手を握り返した。

頬に当てた手のひらが途端に熱を持ったのを感じる。

彼は顔を真っ赤にして、目をぱちぱちと瞬かせていた。

一応は何を言われているのか理解しているということだろうか。

様子を窺っていると、リオンはごくっと喉を鳴らして、たどたどしく問いかけてきた。

「……あの…さ」

「はい」

「僕は……、君に……、さ、触っても……いいの……？」

「…はい」

「キ…キス……、とかも……？」

「……もちろんです」

彼の問いかけにユーニスはすべて頷く。

そのたびにリオンは驚いたような顔を見せる。

もしかして、触れてはいけないとでも思っていたのだろうか。

そういえば、先ほどリオンは『君はすごく怒ってると思ってたんだ』と言っていた。

だから気を遣って、別々の場所で過ごそうなどと考えていたのかもしれない。考えを直接聞いたわけではなかったが、リオンを見ているとそう思えてならなかった。

――本当に不思議な人……。

なんだか胸の奥がじんわりと温かくなり、ユーニスはしばし彼と見つめ合う。

テーブルに置かれたランプの灯りが、リオンの目が僅かに潤《うる》んでいるのを映し出し、心臓が小さく跳ねるのを感じた。

やがて彼は腰を上げ、ユーニスの手を引き寄せる。

徐々に互いの顔が近づき、間近で数秒ほど見つめ合ってから瞼《まぶた》を閉じると、間を置いてふわりとした柔らかなものが唇に触れた。

「……ん、……っ……」

ユーニスは彼の手をきゅっと握り締める。

するると、リオンの熱い息が唇にかかり、触れるだけの口づけが繰り返された。

繋いだ手も、頬に触れた手も熱い。

今日初めて会った男性との口づけが、こんなに甘いものだとは思わなかった。嫌だと思うどころか、自分を求めてこうなっているのだと思うと、すごくドキドキした。

「……なんだか……、君といると恥ずかしい……。なのに、すごく触れたくなる……」

リオンは潤んだ目で吐息交じりに囁《ささや》く。

その言葉にユーニスは唇を綻ばせ、小さく頷いた。

「好きなだけ……触れてください……」

「いい…の…?」

「……何度も聞かないでください。私はあなたと夫婦になるために、このアトリエまで来たのに……」

「——ッ」

「あ…っ!?」

直後、リオンは息を震わせユーニスを掻き抱く。

同時に強く唇が押しつけられ、くぐもった声が部屋に響いた。

「ん…う…ッ」

「……ユーニス、……ーニス…」

角度を変え、何度も交わされる口づけ。

彼はキスの合間にユーニスの名を何度も囁き、背筋や肩、二の腕などあらゆる箇所に触れていく。

アトリエに来るときに羽織っていたショールはいつの間にか床に落ちていた。薄いネグリジェだけでは、少し触れればどんな身体つきかわかってしまうに違いなかった。

「ふ…、……んっ」

そんなに興奮するようなことを言っただろうか。

いきなり身体に触れられるとは思っておらず動揺が隠せない。

けれど、自分から仕向けたのだからと恥ずかしさに堪え、彼に触れられるたびに小さな吐息を漏《も》らした。

「う、ン…ッ」

いつの間にか、軽く開けられた口の中にリオンの舌が差し込まれ、その熱い舌で自分の舌を搦《から》め捕《と》られていた。

その間も彼の手はユーニスの身体のあちこちに触れ、程なく胸の膨らみに辿《たど》り着く。

はじめはそっと手のひらを押し当てるだけだったが、徐々に力が入ってネグリジェの上から乳房を揉《も》みしだかれた。

「あ…ッ」

「ぬ…、脱がしても…いい？」

「……っ」

リオンは息を弾ませ、熱に浮かされた眼差しでユーニスを射貫く。

先ほどとは違う男の顔だ。

彼もそんな顔をするのかと、ユーニスはその瞳から目を逸らせなくなった。

「だめ？　君の身体…、見てみたい……」

言いながら、彼は円を描くように胸をまさぐり、その感触を確かめている。

「あ…んッ」

ユーニスは無意識に甘い喘《あえ》ぎを上げていた。

彼の唇も少し強引なその手の動きも、驚きはしても嫌だというわけではない。

もとより断るつもりなどはないのだが、問いかけられると恥ずかしくてすぐに答えられない。

それでも、いきなり事に及ばず、確認してくれるのは素直に嬉しい。

ユーニスは顔を赤くしてこくんと頷いた。

「きゃ…っ！」

その直後、突然ひやっとした空気に肌が晒《さら》され、小さく悲鳴を上げてしまう。

リオンはユーニスが頷いた途端ネグリジェの裾《すそ》を摑んで、アンダードレスごと一気に捲《まく》り上げたのだ。

「そ…、そんないきなり……」

ユーニスは思わず狼狽《うろた》えた。

リオンのほうはそれに気づいていないのか、胸の上まで捲ったネグリジェをぐっと握り締め、あらわになった形のいい乳房を食い入るように見つめていた。

激しい動きもしていないのに、彼はなぜか息を乱している。

「……ンっ」

自然と熱い息がユーニスの肌にかかるから、びくついて喘いだ拍子に乳房も揺れてしまう。その動きにリオンは息を呑み、誘われるように顔を近づけると、無言のまま胸の頂《いただき》に口づけた。

「あぁ…ッ」

ユーニスは大きく肩を震わせ、身を捩《よじ》った。

すると手首を摑まれて、すぐさま彼のほうに引き戻される。

リオンは膨らみにも口づけ、硬く尖らせた舌先で乳首を軽く突いた。

「ン…、…や、あ…っ」

堪らず声を上げると、主張を始めた頂を甘嚙《あまが》みしながら何度も舌で転がされる。

リオンは舌で突くたびに甘い声を上げるユーニスの反応にごくっと喉を鳴らした。

さらに興奮した様子で息を弾ませ、そのままユーニスの細い腕を肩の上まであげさせると、ネグリジェをぐいっと捲り上げて一気に脱がしてしまう。

「あぁ、そんな…っ」

薄い布がユーニスの腕を抜け、さらに熱い吐息が肌にかかる。

リオンはそこでネグリジェを離したのか、ぱさっと布が床に落ちる音が響いた。

「……君の身体……すごくきれい……」

リオンの強い視線が裸になったユーニスの上半身を彷徨《さまよ》う。

首筋、鎖骨、乳房…、彼の視線が辿った場所が熱く、なぜだか触れられている気にさせられた。

だが、そう感じる一方で、ユーニスは彼の性急さに戸惑いも感じていた。

まさかリオンはここで自分を抱くつもりなのだろうか。

別に場所にこだわりがあるわけではないが、ユーニスはいまだ椅子に座ったままでいるのだ。

それなのにドロワーズを残して裸にされてしまった。もしやこのあとは床に押し倒されてしまうのではと、微かな不安を感じ始めていた。

「あ…あの…っ、……ん…ぅ」

せめて初めてはベッドでしてほしい。

「…んん、…ふう……」

けれど、訴えようとした唇は彼の口づけで塞《ふさ》がれてしまった。

強引に舌が搦め捕られる中、リオンの左手はユーニスの胸や脇腹をまさぐっている。

右手は背筋を撫でながら徐々にお尻のほうへと動きだし、すぐに指先がドロワーズを掠《かす》めた。

──さすがにこのまますべて脱がされたりはしないと思うけど……。

思いながらも、彼の手の動きに神経を注いでしまう。

「──ッ!」

しかし、その直後、ユーニスは驚愕で目を見開く。

まだ腰紐《こしひも》も解いていないというのにリオンはぐっと布を掴み、いきなりドロワーズを引きずり下ろそうとしていた。

「いや…ッ!」

「え…? ──あっ、あぶな……」

これでは布が破けてしまう。

そう思って抵抗した次の瞬間、ユーニスは小さな悲鳴を上げた。

「いた…ッ!」

身を捩ったときに椅子から落ちそうになり、リオンが咄嗟《とっさ》に腕を掴んで引き戻そうとしたが、それが思いのほか強い力だったのだ。

「あ…ッ！　ご、ごめん…っ！」

リオンはその悲鳴が自分のせいだと気づくや否や、パッと手を放す。

「きゃ…っ」

ところが、中途半端な姿勢で放されたために再び椅子から落ちそうになってしまった。

リオンは引っ込めた手を慌てて伸ばし、素早くユーニスを抱き留める。そのまま自身の胸に引き寄せると、反動でよろよろと何歩か後ろに下がり、近くのテーブルに腰が当たったところで動きを止めた。

「……あ、ぶなかった」

ユーニスをしっかり抱きかかえ、リオンはホッとした様子で息をつく。

その息が首筋にかかって身体がびくつき、彼のジャケットをぎゅっと摑む。

しかし、それから何秒経っても彼はまったく動く様子がない。不思議に思って見上げると、なぜか哀しげな目をしたリオンと視線がぶつかった。

「やっぱり…、僕に抱かれるのはイヤなんだ」

「え…？」

「だって『いや』って……、逃げようとした……」

「あ…、あれは……っ」

「……」

どうやら彼は何もわかっていないようだ。

なぜそんな誤解をするのだと驚き、ユーニスは首を横に振って慌てて説明した。

「あれはそういう意味じゃありません。下着が破けてしまいそうだったから、待ってほしかっただけです……っ」

「え、下着…？」

「そうです。紐も解かずに、あんなに強い力で引っ張られたら破けてしまいます。男性は女性より力が強いのですから……。だから……、わかってください。あなたに抱かれるのがイヤだとか……、そういう意味ではないんです……」

これは実家から持ってきた新品の下着なのだ。

初夜だからと、その中でも一番高価なものを身につけてきたのに、乱暴に扱われるのは哀しかった。

「……ご…めん……」

「いえ…、私もはっきりそう言えば……」

「いや……、いいんだ。それに……、あのままでいたら、こんな場所で君を押し倒すところだった。僕は何を考えていたんだろう……」

リオンは髪を掻き上げながら息をつく。

ならば、あの危惧は現実になっていたかもしれないのか。

ユーニスは密かに胸を撫で下ろし、彼を見上げる。

リオンはもう一度「ごめん…」と謝罪し、何度か深呼吸をしてからユーニスを抱えて歩き出した。

「あ…っ、……ど、どこへ…？」

「うん…」

行き先に目を向けると、部屋の奥に扉があることに気づく。

リオンはユーニスを抱きかかえたまま器用に扉を開けた。その先は大きなベッドが一つ置かれただけの簡素な部屋になっていた。

「普段はここで休むことが多いんだ」

「そう…なんですか……」

「うん……」

ユーニスをベッドに下ろすと、彼は少しの間こちらをじっと見つめていた。

「……、……あ…、その……、少し待ってて。すぐに戻るから」

「は、はい…」

彼は一瞬ユーニスに手を伸ばしかけるも、すぐにその手を引っ込め、慌ただしくアトリエに戻ってしまった。

忘れ物でも取りに行ったのだろうか。

ユーニスはその場でしばし身じろぎもせずにいたが、やがてしんと静まり返った部屋をゆっくり見回した。

ベッドだけがぽつんと置かれているだけで、他に物が見当たらない。

なんだか少し寂しい部屋だ。

普段はここで休むことが多いとリオンは言っていたが、どうしてこんなところで一人で過ごしているのだろうか……。

「待たせてごめん」

「あ、いえ…」

そんなことを考えていると、彼はランプを持って戻ってくる。

ふと、その反対の手にも何か持っていることに気づき、ユーニスは首を傾げながら、素《そ》朴《ぼく》な疑問を口にした。

「ここで絵を描くのですか？」

「いや、そういうわけじゃ……」

「……？　では、それは何に使うのですか？」

「これは、ちょっと……」

問いかけに、リオンは曖昧にしか答えない。

ユーニスは彼が手にしている『それ』にじっと目を向け、眉根を寄せた。

――どういうこと？　あれはどう見ても絵筆だと思うのだけど……。

今必要なものとは思えないのに、なんのためにわざわざアトリエから持ってきたのか、それを聞かれたリオンがなぜ顔を赤らめるのか、ユーニスにはわからなかった。

「……あの、さ……」

「はい…」

「続き…、してもいい？」

「え…っ」

「少し落ち着いたから、今度はちゃんとできると思う。絶対に下着を破いたりしないよ。……優しく…するから……」

「……っ、……は、……は、い……」

リオンはますます顔を赤くして、忙しなく絵筆を持ち替えている。

そんな姿につられてユーニスの顔も熱くなった。恥ずかしくなって俯くと、あらわになっていた乳房が目に入り、ぱっと両手で押さえた。

直後、ギシ…、とベッドが軋《きし》む。

ハッとして顔を上げると、ベッドに膝をついたリオンと視線がぶつかった。

「ん…っ」

彼はユーニスの肩から二の腕にかけてそっと指先を這《は》わせる。

ところが、小さな喘ぎを上げた途端、彼は触れるのをやめてしまう。

「……下着、脱がせるから」

そう言って、リオンは深く息をついて絵筆をベッドに置いた。

意を決した様子でドロワーズに手を伸ばし、やけに緊張した面持ちで腰紐を引っ張ろうとしていた。

蝶々《ちょうちょう》結びを解くのに難しいことなど何もない。

少しずつ紐の形が崩れていく様子をユーニスは息をひそめて見つめる。

やがて結びが解けると、腰周りの布が緩んで心許なさを感じた。

「……横に…なってくれる？」

「は…、はい…っ」

濡れた金色の瞳に射貫かれ、心臓が跳ねる。

ユーニスは言われるままに横たわり、やけにドキドキと騒ぐ胸を押さえつけるように自身の手に力を込めた。

雑談していたときとは違い、リオンはたびたびドキッとするような目でユーニスを射貫く。本人は気づいていないのだろうが、顔を赤くしたり緊張した顔をしながら、同時に男の顔も見せるのだ。

――なんだか、すごく恥ずかしい……。

リオンは横たわるユーニスの身体を上から下までなぞるように見つめている。

拍動はさらに忙しなくなり、ユーニスは息を震わせて強く目を瞑《つむ》った。

「脱がすよ…？」

「……は、い…」

ややあって、彼は掠れた声で囁いた。

ユーニスが目を瞑ったままで頷くと、やがてドロワーズが少しずつ引き下げられていく。

腰やお尻に触れる彼の手は大きく、とても熱い。

目を瞑っていても、その視線が肌を這う様子がわかるようだ。

ユーニスは乳房が歪むほど押さえつけた自分の手に一層力を込めた。

恥ずかしさに堪えながらも彼のすることを大人しく受け入れていると、ドロワーズが足首を抜けていくのを感じる。彼がホッと息をついたのを耳にして、自分が生まれたままの姿になったことを理解した。

「ユーニス……」

リオンは囁き、ユーニスのつま先に唇を寄せた。

「……あッ!?」

まさかそんなところを口づけられるとは夢にも思わず、ユーニスはびくっと肩を震わせて僅かに身を起こす。

　すると、彼はくすっと微笑み、今度は足裏をべろっと舐《な》めた。

「あぁ…ッ、そ…、そんなところ……ッ」

「……優しくしたいんだ」

「そんな…っ、あっあ…ッ」

　言いながら、リオンはユーニスの足裏をもう一度舐める。

　ユーニスは驚いて身を捩ろうとしたが、下手に動けば彼の顔を蹴《け》ってしまいかねず、寸前のところで思い留まる。指の一本一本を丁寧に口に含まれたが、されるがままでいるほかなかった。

「ふ…くっ、……っは…ッ」

　ビクビクと身体が震え、勝手に声が出てしまう。

　いつしか彼はユーニスのくるぶしからふくらはぎにかけて硬く尖らせた舌先を滑《すべ》らせ、一方で、その手は何かを探すようにベッドを這っていた。

　喘ぎながらその動きを目で追いかけていると、程なく彼は絵筆を摑む。

　それは先ほどアトリエから持ってきたものだ。

　絵筆など何に使うというのだろう。彼の動きから目を逸らせずにいると、リオンはユーニスの太股《ふともも》を筆先で軽く払ったのだった。

「ひぁ…っ!?」

思わぬ感触にユーニスは大きな声を上げた。

リオンはその反応に唇を綻ばせ、柔らかな動きで絵筆を滑らせる。

くるくると円を描いたり左右に蛇行《だこう》させたりしながら、まるで絵を描くように脚の付け根から膝にかけて何度も往復させていた。

「ね、ユーニス。どんな感じ?」

「っん……、そう…言われても……」

「あぁ、これはまだ一度も使っていない絵筆だよ。綺麗だから安心して」

「……ッ、そういうことでは」

「どう?　痛くはない…よね?」

「……はっ、痛くは…ないです。……けど……」

「けど?」

「くすぐったい……です……ッ」

「それだけ?」

「あぁ…う」

「……本当にそれだけ?　こんな声を出しているのに?」

「んぅ…ッ」

リオンは身を起こし、ユーニスの耳元で甘く問いかける。

低音が頭の芯に響き、全身がぞくぞくとした。

彼はその間もユーニスの脚の付け根を筆先でなぞったり、そこから少し上まで移動しておへその窪《くぼ》みを軽く突いている。そうやってさまざまな場所を刺激して、反応を確かめているようだった。

――こんな恥ずかしい行為に、どうして声が出てしまうの……？

ユーニスは顔を真っ赤にして涙を浮かべる。

彼は慰《なぐさ》めるように頬に口づけたあと、耳たぶを甘噛みし、突き出した舌先で首筋をなぞった。

「ふ、ぁあ……ッ」

「舐められるのは？　痛くない…？」

「……あっ…はッ、……っん」

「なら、このまま君の全身を舐めてあげる」

「あぁ…っ、そんな、に…、されたら……っ」

「たくさん優しくしたいんだ」

リオンは首筋から鎖骨を舌でなぞり、筆先で乳房を撫でる。

彼は先ほどから痛いかどうかをやけに聞いてくるが、なぜなのだろう。

これで痛みなど感じるわけがない。

身体中を愛撫されているうちに、くすぐったく思う一方、お腹の奥では今まで感じたことのないような熱が燻《くすぶ》りだしていた。

「あぁ…ッ！」

やがて舌先で胸の頂を軽く弾かれ、ユーニスは切ない喘ぎを上げた。

その様子にリオンは目を細め、絵筆を下腹部に向かわせる。

硬く尖った頂を舌で転がし、甘い喘ぎを確かめながら、彼は密かに熱を持ち始めたユーニスの中心を筆先で優しく刺激した。

「ひあぁ…ッ！」

びくびくっと全身を震わせ、一際甲高い声が部屋に響く。

リオンはごくっと喉を鳴らしてさらに絵筆を動かす。

恥ずかしいのに身体はどんどん熱くなる。くすぐるような動きでユーニスの陰核を筆先が掠めるから、そのたびにびくびくと身体が波打ち、お腹の奥が切なくなった。

「……ココが感じるんだ？」

「あ…あ…っ」

「ねぇ、もっと奥も見たい……。脚…、開いて……？」

「……ッ、や…っ」

「僕しか見てないよ？」

「やぁ…っ」

「少しだけだよ。ね、それならいいでしょう？」

ユーニスは真っ赤な顔で首を横に振るが、リオンは諦めてくれない。

何度もねだられているうちに、次第に抵抗できなくなっていく。

甘えるような仕草で首を傾げる彼を見て心臓が跳ね、ユーニスは迷いながらも唇を震わせ、思わず頷いてしまう。

「す…少しだけ…なら……」

「……嬉しい」

リオンは心底嬉しそうに微笑む。

そんな顔をされたら、嫌だなんて言えない。

ユーニスは何度か息を整えてから、閉じた脚を少しずつ開いていく。

これから抱かれる相手なのだから、これくらいたいしたことではない。

どうせぼんやりしたランプの灯りではまともに見えないだろうと自分に言い聞かせ、顔を真っ赤にしながら脚を開いた。

彼は身を起こしてその様子を食い入るように見ている。

しかし、ゆっくりすぎる動きに我慢できなくなってか、途中で強引に開かせると、誘われるようにその中心に指を伸ばした。

「あぁ…ッ!?」

「よかった……。すごく…濡れてる……」

「あっ、あぁ…っ」

指先が中心に触れ、くちゅっと音が立つ。

ユーニスはびくんと身体を揺らし、その刺激に声を上げる。

彼が指を上下に動かすと、そのたびにいやらしい水音が響き、ユーニスは恥ずかしさで自分の顔を両手で覆った。

「――ひぁあ…っ!?」

ところが、その直後、ユーニスは悲鳴に似た喘ぎを上げる。

いきなり彼の指が中心に差し込まれ、同時に陰核に口づけられたからだ。

「君のナカ…、とても熱い……」

「ひん…っ、あっあっ、ああぁ…っ」

リオンはゆっくり指を出し入れさせながら、敏感な芽に息を吹きかける。

ユーニスはびくびくと身を震わせ、すぐに甘い声を上げてしまう。

こんなに強引に挿《い》れられたのに痛みはほとんどない。

それどころか感じていることに気づき、自分はなんて淫《みだ》らな身体をしていたのかと、あまりの恥ずかしさに涙が溢《あふ》れた。

「ココ…、舐めていい？　筆で撫でたとき、すごく感じてた」

「やっ、いや…っ」

「……大丈夫、優しくするから……」

ユーニスは首を横に振って抵抗した。

しかし、彼はそれを聞くことなく尖らせた舌先で陰核を突いてしまう。

「ひあ、あああう…っ」

ユーニスは弓なりに背を反らして喘ぐ。

顔を覆っていた手はいつの間にかシーツを握り締め、硬く尖った芽を舐められるたびに身体を波打たせていた。

そのうちに、彼は指を抜き差ししながら、ユーニスの秘肉を舐め始める。

息を弾ませ、ぴちゃぴちゃと卑猥《ひわい》な音を立てながら舌を伸ばし、溢れ出て止まらない蜜を舐め尽くそうとしているようだった。

「あっあっ、だめ…、そこは…、いや…ッ、いやです…っ、あぁぁ…っ！」

「ココ…？　ここが感じるの？」

「いやっ、いや…っ、そんなふうに動かさないで……っ」

「……わかった。こうやって擦ればいいんだね」

「あぁぁ…っ！」

　動かさないでほしいと言っているのに彼は聞いてくれない。

　いやと言った場所ばかりを執拗《しつよう》に擦り上げ、指を三本に増やされてしまう。一気に中がいっぱいになって、あまりの違和感に堪らず身を捩ったが、内壁は勝手に彼の指をきゅうっと締め付けていた。

　リオンはその感触にさらに息を弾ませる。

　休むことなく内壁を擦り、断続的な締め付けを指で味わいながら溢れる蜜をひたすら舐め取っていた。

「あぁっ、あぁあ…ッ！」

　内壁を擦られているうちに、徐々に目の前がチカチカしてくる。

　ユーニスはもう喘ぐことしかできず、迫り来る何かに喉を反らした。

　愛撫はなおも止まらず、ますます追い詰められていく。

　つま先をぎゅっと丸め、内股をぶるぶると震わせながら、皺《しわ》になるほどシーツを握り締める。彼の指が奥を掠めると、びくっと身体が波打ち、その太い指を強く締め付け、瞬く間に絶頂の波に攫《さら》われた。

「ひ…ッ、……っ、あ――…ッ！」

　ユーニスは身を強ばらせ、激しく喘ぐ。

自分の身に起こったことをすぐには理解できない。

全身をひくつかせ、初めての絶頂にぽろぽろと涙を零す。

「……っあ、…あ…あ、……ぁ……」

ただひたすら小さな喘ぎを上げていると、やがて内壁が断続的に痙攣《けいれん》し始める。

自然とリオンの指を締め付け、その刺激にまで身悶《みもだ》えた。

しかし、それから間もなくのことだ。

指が抜かれたと同時にベッドが軋み、衣擦れの音が聞こえてきた。

ユーニスは肩で息をしながら、音のほうに目を向ける。

どうやらそれは、リオンがジャケットを脱ぐ音だったようだ。

彼は膝立ちになってジャケットを脱ぎ去ると、クラバットを煩《わずら》わしそうに外してシャツのボタンに手をかける。

その間も彼はユーニスを見つめたままで、片時も逸らそうとしない。

そんなふうに見られると、ユーニスもなんだか目を逸らせなくなって、彼の逞《たくま》しい上半身があらわになるまで見つめ合っていた。

「ユーニス……」

「……ん」

リオンは下衣を緩めるとユーニスを組み敷き、そっと口づけを落とす。

はじめは啄《ついば》むように重ねていたが、徐々に深く口づけられる。

彼の舌先に舌の上を撫でられているうちに、だんだん気持ちよくなってきてユーニスも自ら舌を突き出した。

互いの舌を甘く絡め合いながら、リオンはユーニスの中心に指を伸ばす。まだ達して間もなかったからか、軽く触れられただけでヒクヒクと淫らにひくついていた。

「ん…っあ……」

「……もう…、君を僕のものにしてもいい？」

「……ッ」

「ね…、ユーニス……？」

「……ンッ、……ッ、……はい……」

耳元で囁かれ、カーッと顔が熱くなる。

躊躇いがちに頷き、彼と見つめ合う。

リオンは熱に浮かされた眼差しでユーニスを射貫き、淫らにひくつく中心に指を差し入れる。そのまま何度か抜き差しを繰り返してから指を引き抜くと、細い脚を大きく広げさせ、濡れそぼった入口に猛りきった先端を押し当てた。

「ん……」

想像以上の熱にユーニスは唇を震わせる。

彼はすぐには挿れようとせず、ふしだらに蜜を溢れさせる膣口を何度も刺激した。

熱い先端で擦られるたびに淫らな水音が響く。

甘やかな刺激にユーニスは身悶えたが、その動きはほんの数秒ほどで止まってしまう。

そこでリオンは大きく息を吐くと、ぐっと腰に力を入れ、狭い入口を先端で押し広げながら、奥へ向かって自身の屹立を押し進めた。

「あ…っ!? あっ、んやぁ……ッ、いた…い……ッ!」

ユーニスは眉を寄せ、小さな悲鳴を上げた。

指とは比べものにならない大きさだ。

想像以上の圧迫感と痛みで、ユーニスの目からはぼろぼろと涙が零れ落ちる。

それを見たリオンは一瞬眉を寄せて躊躇いを見せたが、ここまできて引き返せなかったのだろう。小さな声で、「……ごめん」と囁いて細腰を引き寄せ、一気に奥まで貫いたのだった。

「あぁー…ッ!」

ユーニスは喉を反らして彼の肩に爪を立てる。

繋がった場所が灼《や》けるように熱い。

彼が息をするだけで中が擦れて鈍い痛みが走り、苦しくて身を捩った。

「……っ」

それからしばしリオンは何かを堪えるように固く目を閉じていたが、ややあってユーニスの喉に唇を寄せた。そうすると、彼の熱い息が喉にかかって、ぞくぞくと身を震わせて無意識に喘ぎを上げてしまう。

「……ン…、あぅ……」

「ユーニス、そんなにきつくしないで……」

「わ…わからな……」

「泣かないで。少しこのままでいるから、ね？」

「……は、はい……」

リオンは慰めるように囁き、首筋や鎖骨に口づける。

そのまま無理に動かれていたら悲鳴を上げていたかもしれない。

けれど、彼はそんなことをする人ではなかった。『優しくしたい』という言葉どおり、苦しげに眉を寄せながらもユーニスの身体のあちこちに口づけを落とし、少しでも多くの快感を与えようとしている。

その柔らかな感触に少しずつ緊張が解れていき、胸の頂を熱い舌で転がされると、お腹の奥にぞくっとしたものが走った。

「……っん」

「……胸、気持ちいいの？」

「あぁ……っは、……ン」

「なら、たくさん舐めてあげる。こっちも……、撫でてみようか」

「ああぅッ！」

リオンは乳首に舌を這わせながら、ユーニスの下腹部をそっと撫でた。

くすぐったいような、それでいて快感を引き出すような刺激に、ユーニスは思わず甘い喘ぎを上げる。

見れば、彼の手には絵筆が握られていた。

どうやら今のは筆先で肌を撫でられた刺激のようだった。

「あっ、ん…、あぁ……っ」

「どう？　ココも…気持ちいい……？」

「つはぁ…、あっあっ、…っん」

リオンは僅かに身を起こして筆先で薄い茂みをなぞると、二人の繋がる場所にほど近い突起を刺激した。

ユーニスはびくびくとお腹を震わせ、途端に彼を締め付けてしまう。

円を描いたり小刻みな動きでくすぐられているうちに、快感が呼び覚まされていくようだった。

「……ッ、ユーニス……、君のナカ……動いてる……」

「ンッ」

「すごい…。これが気に入ったんだね」

「や…、ちが……っ」

「だってほら…、少し撫でただけなのに、たくさん蜜が溢れて僕を誘ってる」

「あっあぁ…ッ！」

リオンは言いながら少しだけ腰を揺らした。

すると、結合部からぐちゅっと淫らな音が響き、ユーニスは背を反らして激しく身悶えた。

どうしてこんなふうになるのか自分でもよくわからない。

彼に愛撫されるとなぜだか感じてしまう。恥ずかしい場所を筆で撫でられて、否定しながらも甘い喘ぎが出てしまうのだ。

「ん…ッ、あぁ…ん…ッ」

「……ッ、もう……、動いてもいいよね……」

「あぁあ…ッ！」

リオンは耳元で囁き、大きく腰を引いてからゆっくりと挿し入れる。

いやらしい水音が響き、それを皮切りに彼は抽送を始めた。

「あっ、あっ、あっあっ」

自分の中を行き交う熱は挿入されたときよりも大きく感じたが、溢れた愛液で痛みはさほど感じない。

それどころか、ユーニスは彼との行為に強い快感を覚えていた。

胸の蕾を舌で刺激する動きも、陰核をくすぐる筆の動きも探り探りといった様子なのに、それが堪らない気持ちにさせる。

多少の性急さはあっても、リオンは自分勝手な人ではない。

わからないながらも、どうにかしてユーニスに快感を与えようとしてくれている。それが強く伝わるから、こんなふうに身体が応えてしまうのかもしれなかった。

「あんっ、あんっ、あっあっ」

「ユーニス…ッ」

「ひぁ…っ、あぁう…っ」

彼は激しく腰を前後させながら、ユーニスの首筋に口づける。

その手は絵筆を握り締め、執拗なほど敏感な芽を刺激していた。

こんなにいろいろされたらおかしくなってしまう。

熱い息が肌にかかり、お腹の奥もぞくぞくして切なさが込み上げる。内壁を擦られるたびに彼を締め付け、狂おしいほどの快感に呑み込まれていくようだった。

「あっあっ、ああっ、ンっ、あああ…ッ」

「ユーニス…、もっと近くに……っ」

「ふ…ぅ、…んん…ッ」

リオンは絵筆を手放し、熱に浮かされた眼差しでユーニスの唇を奪う。

息ができなくてもがいたが、強引に舌を搦め捕られ、強く掻き抱かれた。

逞しい腕。

熱っぽく潤んだ眼差し。

少しのことで顔を赤らめていた彼に、こんなふうに求められるとは思わなかった。

次第に頭の芯が痺れてきて、ユーニスは大人しくその行為を受け入れる。そのうちに快感のほうが勝って、自ら彼と舌を絡め合ってその背に腕を回した。

「あぁっ、ひん、あぁ、ああっ！」

徐々に迫り上がる絶頂の予感。

ユーニスは先ほどの愛撫よりも激しく乱れていた。

微かにあった鈍い痛みも、今はもう感じていない。

リオンにもそれがわかるのか、指で刺激したときに一際反応した場所ばかりを己の熱い先端で擦り上げ、さらなる快感を引き出そうとしてくる。

その怖いほどの快感から少しでも逃れようと、ユーニスは身を捩ろうとしたが、きつく抱き締められてそれさえ封じられてしまう。

内股がぶるぶると震え、濡れた肉壁が収縮を繰り返す。

小刻みに身体を揺さぶられ、限界がすぐそこまで来ているのを感じた。

直後、ユーニスはガクンと身体を波打たせる。行き交う熱をきつく締め付け、襲い来る快楽の波に攫われていた。

「あっ、ああッ、……ッ、あぁあ――…ッ！」

これ以上ないほど互いの身体を密着させ、強く抱き締め合う。

彼の指で達したとき以上の強い絶頂。

喉をひくつかせて喘いでいると、間を置いて断続的な痙攣が起こり、ユーニスは息を震わせながら激しく身悶えた。

「――…っく」

それから程なく、リオンも苦しげに喘ぐ。

一際熱い彼の息が耳にかかってさらなる快感に打ち震えると、全身を揺さぶられて首筋をきつく吸われた。

「あぁ…あ、ああ……」

「ユーニス…、ユ…ニス……」

彼はユーニスの名を繰り返し呼ぶ。

それに応えるように、ユーニスは彼の胸にしがみついた。

奪うように口づけられ、骨が軋むほどの力で掻き抱かれる。

やがてリオンは微かな喘ぎを漏らし、淫らに蠢《うごめ》く最奥に大量の精を放つ。彼もまた激しい絶頂の波に呑み込まれたようだった。

「……はっ、…は、……んっ、……ぁ」

それからしばらくの間、二人の間に言葉はなかった。

ユーニスは肩で息をして、小さな喘ぎを上げることしかできない。

リオンも脱力した様子でユーニスの胸に顔を埋《うず》め、苦しげに息を乱して会話を交わすどころではなかった。

それでも徐々に息が整いだし、リオンはゆっくり身を起こす。

ユーニスをじっと見下ろして、目が合うと、その小さな唇にそっと口づける。互いの息が唇にかかって微かな喘ぎを漏らすユーニスに目を細め、彼はいまだ快楽の余韻から抜け出せずにいる柔らかな身体を抱き締めた。

「ユーニス……」

「……リオ…ン……」

こうして名を呼び合うことにどんな意味があるのかはわからないが、二人とも互いの名を何度も囁いていた。

──この人と、今日初めて会っただなんて思えない……。

触れる肌が心地いい。

声も眼差しも優しくて、ドキドキする。

ユーニスは逞しい背に腕を回して、その広い胸に頬を寄せた。

「……そんなふうにされると」

「……？」

「我慢…できない……」

「え…」

程なくして、若いリオンの肉体は再び熱を取り戻す。

「……もう一度…、……だめ…？」

「……っ」

ユーニスは彼の問いかけに僅かに目を見開く。

しかし、そのねだるような眼差しに絆され、間を置いて頷いた。

「……だめじゃ…ないです」

初めての身体には少し辛かったが、もう一度彼を受け入れることに躊躇いはなかった。

これから先は、リオンと共に生きていく。

今はもうそのことに不安はない。

彼が相手でよかったと安堵に似た想いを抱き、ユーニスは熱く逞しい腕の中で初めての夜を過ごしたのだった――。

❀　❀　❀

翌朝。

二人を気遣ってか、アトリエには誰も来なかった。

そのため日が高くなってもリオンとユーニスは昏々《こんこん》と眠り続けていた。

しかし、時折聞こえる鳥のさえずりや微かな風の音、窓から降り注ぐ光が徐々に現実へと引き戻し、やがてユーニスは眩しさに眉を寄せた。

「う…、…ん」

――もう朝なのね……。

頭の隅でそう思ったが、昨夜は寝るのが遅かったこともあって、もう少し寝ていたい気分だ。

ユーニスは迷いながら、もぞもぞと寝返りを打つ。

そこで温かな感触を頬に感じて、うっすらと目を開けた。

寝返りを打って、リオンの広い胸に頬が当たったらしい。

彼の目はいまだ固く閉じられて、すぅすぅと気持ちよさそうに寝息を立てている。すべすべの肌を心地よく感じながら、ユーニスは彼の寝顔をじっと見つめた。

すっと通った鼻梁。

長い睫毛《まつげ》に形のいい眉、薄めの唇。

黒髪が日の光で艶めいてとても綺麗だ。

程よく日焼けしているのは、彼に会いに来る動物たちと外で過ごすからだろうか。

起きているときより少し幼く感じるリオンの寝顔をまじまじと見つめ、ユーニスはなんとなく彼に触れたくなって手を伸ばしかけた。

「……ん」

ところが、触れる直前でリオンが目を覚ます。

たった今まで閉じていた瞼がぱっと開き、何度か瞬きをして一瞬とろんとなったが、ユーニスをその目に留めると、驚いた顔でびくっと肩を震わせた。

「──うわ…ッ!?」

「え…？」

リオンは途端にがばっと起き上がる。

驚いてユーニスも身を起こすと、彼は焦った様子で左右を見回し、逃げるようにベッドの端までささっと移動した。

「あ、あの…、どうし……」

「わぁ…っ、だ…、だめ……っ！」

一体どうしたというのだろう。

心配になって近づくと、彼は慌ててユーニスに背を向けた。

困惑するユーニスだが、ふと彼の耳が赤いことに気がつく。

よくよく見れば、必死に背けた顔も真っ赤になっていた。

——もしかして、恥ずかしがっているの？

昨夜のことを彼は照れているのだろうか。

そうとしか思えない反応にユーニスの胸はきゅんとなり、リオンのすぐ後ろで様子を窺った。

「……のこと……」

「え？」

少しして、彼はもじもじしながら小声で何かを言う。

けれど、声が小さすぎて何を言っているのかわからず、ユーニスはさらに彼に近づこうとした。

「こっ、来ないで…ッ！　うわ…ッ!?」

「リオン…ッ!?」

ところが、リオンはユーニスの気配に逃げようとして、ベッドから転げ落ちてしまった。

「だいじょう……」

「来ないで…ッ！」

「……っ」

どこか痛くしていないかと、ユーニスは急いでベッドから下りるが、その言葉にぴたりと動きを止めた。

「……私…、何かしてしまいましたか……？」

予想外の強い拒絶だ。

落ち込みを隠せずしゅんとすると、彼は驚いた様子で慌てて否定した。

「そっ、そうじゃない！」

「……なら、どうして」

「だ…、だからそれは……」

リオンは起き上がろうとするが、目が合った途端、身体をびくつかせてまた床に倒れ込む。

それを見てユーニスはもしや嫌われたのではと再び落ち込みかけたが、その直後、リオンは床に仰向けで転がったまま思わぬことを呟いた。

「……君のこと…、好きになってしまったみたいなんだ……」

「え…」

ユーニスは驚いて目を丸くする。

彼は視線から逃れるように顔の前で自分の腕を交差させた。

けれど、その耳は先ほどよりずっと赤い。

少しも隠せていなかった。

「恥ずかしいから来ないで……」

「……っ！」

一拍置いて彼の言葉が頭に届き、ユーニスのほうも顔が熱くなっていく。

見る間に耳まで熱くなり、彼と同じ状態になってしまう。

初めてとは思えないほど情熱的な夜を過ごしたというのに、二人とも目を合わせることもできず、なかなかその場を動けなかった——。

第二章

窓の向こうでは澄んだ青空が広がり、もうすっかり夏だ。

ユーニスがリオンのもとに嫁いで一か月が経っていた。

マクレガー家での生活にも少しずつ慣れ、はじめは気づかなかったさまざまなことが見え始める頃でもあった。

その日もユーニスは、年下の夫リオンと義父ブラウンの三人で、いつもどおりの朝食の時間を過ごしていた。

けれど、ユーニスはこのひとときに、いまだに慣れることができずにいる。

家族で過ごす唯一の食事時は楽しく過ごすものだと思っていたが、ここではほとんど会話がなく、常に重苦しい空気が漂っているからだった。

「――リオン…、おまえが当主になってひと月が経つが、しっかりやれているのか？」

ところが、今日は珍しく義父ブラウンが食事の途中でリオンに話しかけた。

そのときリオンはスープを口に運ぼうとしていたが、その手を止めてブラウンに顔を向ける。

「今はまだ家令《かれい》のアルフレッドからいろいろ教えてもらっているところです」

「……いいか、おまえはマクレガー家を継いだのだ。これまでのように遊んでばかりいないで、もっと自覚を持って過ごしなさい」

「わかりました」

その言葉にリオンは素直に頷く。

ブラウンはそれを感情の籠もらぬ目で流し見るだけで、それ以上は何も言わず、食堂は再び静けさに包まれた。

――お義父さま、そんなに冷たい言い方をしなくても……。

すぐ傍で二人のやり取りを見ていたユーニスは、密かに眉を寄せる。

しかし、こういったやり取りはこれが初めてではなかった。

時折、今のように義父がリオンに話しかけるのだが、冷たい物言いをすることがとても多いのだ。

リオンはマクレガー家の次男だ。

カミユが失踪しなければ家を継ぐ予定もなかったのだから、多少気ままな生活を送っていてもおかしなことではないし、家の財産を食いつぶす遊びに興じていたわけでもない。

今も別に当主としての役目をさぼっているわけではなかった。

だから、もしこれが父としての激励のつもりなら、せめてもう少し温かな目を向けてくれればいいのにと思ってしまう。

ユーニスがそう思うのは、ブラウンが誰にでも冷たく接するわけではないからだ。

「そういえば、ユーニスがここに来てからひと月が経つのだね」

「あ…、はい」

「何か不満に思うことはないかい？　慣れない土地で不便に思うこともあるだろう。この家に嫁いでくれた君には、できる限りのことをしてあげたいと思っているんだ。なんでも言ってほしい」

「そんな、不満に思うことなんて……。リオンさまをはじめ、皆さん、とてもよくしてくださいますし、感謝することのほうが多いです」

「そうか。それを聞いて少し安心した。だが、困ったことがあったら、遠慮せず相談するんだよ？」

「はい、わかりました。お義父さま」

ユーニスが笑いかけると、ブラウンは目尻を下げてニコニコしながら頷く。

その表情は柔らかく、リオンに向けるものとは明らかに違っていた。

気になって目を移すと、リオンと目が合う。どうやら義父とのやり取りを見ていたようだが、これといって表情の変化はなかった。

――考えすぎなのかしら……。

ユーニスは言葉にしがたい感情を胸に食事を口に運ぶ。

と、そこでブラウンは思い出した様子でユーニスに顔を向けた。

「あぁ、そうだ。ユーニス」

「はい、なんですか？　お義父さま」

「あとでフローラのところに寄ってくれないだろうか。ずっと臥せっていたが、君が来てくれてから、とても明るく笑うようになったんだよ。体調も以前よりいいと言っていた」

「そうなのですか。では、食事のあとにお義母さまのお部屋に伺ってみます」

「よろしく頼む」

その言葉にユーニスは笑顔で頷き、前を向く。

義母フローラ。彼女はカミユが失踪してから体調を崩し、一日のほとんどをベッドの上で過ごしているために皆と食事がとれない。あとで知ったが、リオンとの結婚式を欠席したのも体調不良が理由だという話だ。

そんな彼女を気遣って、ユーニスは日に一度はフローラの部屋を訪れている。

今では笑顔で迎えてくれて、さまざまな話を聞かせてくれるようになったので、多少は気を紛らわせる役に立ったのかもしれない。

――お義母さまは、昔話以外はしないけれど……。

ユーニスは僅かに目を伏せて、スプーンを持つ手に力を込めた。

ふと視線を感じて顔を上げると、リオンがそんな自分を不思議そうに見ていた。

余計な心配をさせてはいけない。ユーニスは平静を装い、食後は義父に言われたとおり、義母フローラの部屋に向かったのだった。

❀　❀　❀

「お義母さま、おはようございます」

「まぁ、いらっしゃいユーニス！」

「ご機嫌はいかがですか？」

「えぇ、今日はとても気分がいいの。さぁ、ここに座ってちょうだい。あなたが会いに来てくれるのを、首を長くして待っていたのよ」

部屋に向かうと、義母フローラは満面の笑みでユーニスを迎え入れてくれた。

義父の言うとおり、笑顔が明るく体調もそう悪くはなさそうだ。

ユーニスはフローラのいるベッドまで近づき、用意してもらった椅子に座った。

「お義母さま、お食事は……？」

「えぇ、もう済ませたわ。最近は前より食べられるようになったのよ。いつまでも、皆に心配かけられないものね。それに、あんまり痩せてしまうと、カミユが戻ってきたときにびっくりされてしまうわ」

「……そう…ですね」

ユーニスは微かに表情を曇らせて相づちを打ったが、フローラはそれに気づくことなくにっこり頷き、細く筋張った自身の手を寂しげに見つめた。

その目は窪み、顎は尖り、ブロンドの髪に艶はない。

ユーニスは以前の彼女を知らないが、美人と評判だったのだと侍女のカーラは教えてくれた。

――カミユさまが失踪したことは、お義母さまにとって大変な衝撃だったのね……。

きっと、こんなに痩せ細ってしまうほど彼女は息子を愛していたのだろう。

ここに来てまだ一か月しか経っていないが、ユーニスはフローラと話しているうちに、カミユがいたときのマクレガー家の様子を少しずつ頭に描けるようになっていた。

快活で頭がよく、誰からも好かれた自慢の息子。

皆の期待を一身に受け、将来を嘱望《しょくぼう》された存在。

フローラはそんな長男をとても愛していた。

彼がいるだけで場が明るくなり、どんなときも笑顔が絶えなかったと言って、カミユがいた頃のことを毎日のように話すのだ。

けれど、そんな日々が続くうちに、ユーニスの中にモヤモヤとした想いが膨らんでいく。

カミユとは会ったことがないし、自分の夫は彼ではないのだから、何度も聞かされても返事に困る。

そのうえ、フローラの口から『リオン』の名を一度も聞いたことがなく、次第にこの状況をなんとかできないかと思うようになっていた。

「あっ、そうだわ！　お義母さま、今度リオンをここへ連れてきましょうか」

「……リオン？」

「同じ屋敷にいても、あまり顔を合わせることがないと聞きました。彼はマクレガー家の当主を立派に務めています。その姿をご覧になれば、お義母さまももっとお元気になられると思うんです」

「……」

カミユはもうここにはいない。

落ち込む気持ちはわかるが、リオンだって彼女の息子だ。

少しでいいから気にかけてほしいと思っての提案だった。

「……ごめんなさいね。今は遠慮しておくわ」

ところが、フローラは眉を寄せて首を横に振る。

見れば、先ほどまでの笑顔も消えていた。

「あの子のことはよくわからないの。だってほら、二番目の子でしょう？　跡継ぎでもない子に目をかけることは、そうはないものよ。会っても何を話せばいいのか……」

「そんな……」

まさかこんな反応が返ってくるとは夢にも思わず、ユーニスは絶句する。

――よくわからないって、そんな酷い……。

彼女はリオンに関心がないのだろうか。

二番目に生まれたから、跡継ぎではなかったからという理由だけで、自分の子なのに会いたいとも思わないのだろうか。

「今日は一段と空が青いわねぇ……。カミユがいなくなった日も、こんな天気だったわ」

「……そう……ですか……」

フローラは窓の向こうに広がる光景に目を細め、哀しげに微笑む。

結局、話はすぐにカミユに戻ってしまい、ユーニスはもう相づちしか打てなかった。

しかし、フローラはそれを気にすることなく、その後もユーニスが部屋をあとにするまでカミユの話を続けた。

これでは、リオンがかわいそうだ。

ユーニスの家も親子の間に多少の壁はあり、話すことのできない本音もあったが、ここまで白けた空気を感じたことはない。

カミユが失踪したことは彼らに大きな傷を与えたのだろう。

だとしても、代わりに家を継ぐことになったリオンに対して、どうしてこんなにも冷淡でいられるのかわからなかった。

❀　❀　❀

「――ユーニスさま、お加減が悪いのですか？　顔色がよろしくないようですけど……」

その後、ユーニスは憤りを感じながら部屋に戻った。

はじめは自分一人でなんとか消化しようとしていたが、ついため息が出てしまう。

それがよほど酷かったらしく、部屋にやってきたカーラに心配されてしまった。

彼女は紅茶を淹れに来てくれたようで、ティーワゴンを扉の傍に置くと、こちらに近づいてきた。

「カーラさん……」

こんなことを、人に聞いてもいいものだろうか。

それでも、どうしてもリオンの扱いの悪さが気になって仕方がない。

探りを入れているようで躊躇いはあったが、ユーニスはそれとなくカーラに聞いてみることにした。

「……リオンさまとご両親の関係ですか。……そうですわね。私には客観的なことしかわかりませんけれど」

「それでもいいんです。この一か月、自分なりに見てきたのですが、お義父さまもお義母さまも、彼にはあまり関心がなさそうで……。だんだん彼が不遇《ふぐう》な扱いを受けているように思えてきてしまって……」

「まぁ、そうでしたの。そんなに心を痛めてらしたなんて……」

カーラは驚いた様子でユーニスを見つめる。皆の前では笑顔を心がけていたので、そんなことを考えているとは思わなかったのだろう。

けれど、リオンの扱いについては彼女も思うところがあったようだ。

カーラは眉を寄せて考え込んでいたが、僅かに間を置いてから話をしてくれた。

「……これでも、以前よりはよくなったんです」

「そうなのですか？」

カーラは自身の胸を手で押さえ、小さく頷く。

彼女が初めて見せる険しい表情に、ユーニスはこくっと喉を鳴らした。

「カミユさまがいらした頃は、誰一人として食事中にリオンさまに話しかけることはありませんでした。大旦那さまと大奥さま、カミユさまのお三方が楽しげに会話をされるのはいつもの光景でしたが、私たち使用人の目からはなんというか……、リオンさまが見えていないのではと思うくらい、あの頃は空気のように扱われていたように思えます」

「……っ」

「その……、聞くところによると、リオンさまの容姿が大旦那さまとまったく似ていないのが理由のようで……。大奥さまはとてもお美しかったので、浮気をしてできた子なのではと疑われていたときがあったとか」

「え…」

「もちろん、大奥さまは浮気などしていないと、必死で言い募《つの》っていたそうです。顔立ちは似ていませんけれど、カミユさまとリオンさまはお声がそっくりでしたし、親類の方が先々代の当主さまの声とよく似ているとおっしゃったことで、なんとか疑いは晴れたようでしたけれど……。それでも、ご自分に似ていないということが大旦那さまには面白くなかったのでしょうね。リオンさまにはただの一度も笑顔を向けられるところを見たことがありません。大奥さまも……、ぎくしゃくするのを避けるためか、いつしかカミユさまだけをかわいがるようになったようです」

「そんな……」

「本当のことを言えば、リオンさまを不憫に思う使用人は少なからずいるのです。家令のアルフレッドさまも、以前おっしゃっていました。勉強も運動もリオンさまは幼い頃からとても優秀で、カミユさまに勝るとも劣《おと》らないのだと……。次男として生まれただけで、父親に似ていないからというだけで、こうも扱いが違うのは酷だと……」

「アルフレッドさまが、そんなことを？」

「えぇ…、そのお気持ちは私にもわかります。リオンさまは怪我をした動物を助けたり、食事もとらずにアトリエで絵に没頭していることもあったりと、少し変わったところもありますが、私たちを困らせるようなわがままをおっしゃったことは一度もありません。誰かが困っていると気づけば、ごく自然に手を差し伸べてくださいます。私たち使用人にとって決して悪い主人ではないのです。ですから、家を継がれることになって密かに喜ぶ使用人は多いのですけど……、大旦那さまや大奥さまはそうではないのかもしれません」

「カーラさん……」

まさか、ここまでいろいろな話をしてくれるとは思わなかった。

もしかして、彼女を含めた多くの使用人は義父たちに不満を抱いているのだろうか。

今の言葉にも、リオン以外はわがままをぶつけてくるといった訴えが含まれているように感じられた。

「ただ、カミユさまだけは時々アトリエに足を運んでいたようです。リオンさまと仲良くお話しされる姿を何度か見かけることはありました。けれど、端から見る限りそれは同情のようにも感じられて……」

「同情……」

ユーニスは言葉を失い、目を伏せて俯く。

端から見ている彼らでさえ、リオンの扱いには以前から眉をひそめていた。

跡継ぎが大事にされるのは、そうおかしなことではない。家が大きければそれだけ背負うものも大きく、跡継ぎとそうでない者の扱いに差をつけてしまうこともあるだろう。

だが、ここまでの差をつけるのは他に理由があったのだ。

考えてみれば、カミユが失踪した時点でリオンが家を継ぐ話が浮上してもおかしくなかったのに、ユーニスの父がマクレガー家に乗り込むまでそんな話は影も形もなかった。

それは、リオンが義父の息子として認められていなかったからではないだろうか。

――だからリオンはアトリエで過ごすことが多かったんだわ。この家には彼の居場所がなかったから……。

ユーニスは眉根を寄せて深く息をつく。

彼のことを想うと、胸の奥が締め付けられるようだった。

「あ…、あの…、ユーニスさま……」

「……はい」

「このような深刻なお話のあとで、非常に申し上げにくいのですが……」

「どうかしましたか？」

「ええ、その……、本日も例の贈り物をリオンさまから預かっておりまして……」

「……ッ！」

カーラはそう言って目を泳がせると、扉の傍に置いたティーワゴンに戻った。

その一番下の引き出しから丁寧に梱包《こんぽう》された箱を取り出し、急いでユーニスのもとへ戻ってくる。

心なしか、カーラの顔は赤い。

彼女は小さく咳払いをすると、さらに顔を赤くしてその箱をユーニスに手渡した。

「ど…っ、どうぞ……っ」

「……い、いつも…、ありがとうございます……」

ユーニスは箱を受け取り、ぎこちなく礼を言った。

けれど、人前ではなかなか開ける気になれない。

ちらっと目を向けると、カーラはハッとして慌てて離れた。

「でっ、では…ッ、私はこれで失礼します……ッ。紅茶はまたあとにしましょう！　お湯が冷めてしまったでしょうから……っ！」

「そ、そうですね」

「あ…っと、それから……ッ」

「……はい」

「その…、リオンさまがアトリエでお待ちになっているそうです……ッ！」

「わ…、わかりました」

カーラはますます顔を赤くして素早く扉を開け、小さく頭を下げる。

真っ赤な顔のままティーワゴンを押すと、彼女は急いで部屋を出て行ったのだった。

「……」

途端に静かになった部屋で、ユーニスはぽつんと立ち尽くす。

しかし、ややあって廊下のほうに聞き耳を立て、部屋の近くに人の気配がないことを確認すると、先ほど受け取った箱をテーブルに置いた。

こうやってリオンから贈り物が届くようになったのは、いつからだっただろう。

結婚して一週間が経つ頃には受け取っていた気がする。そのときから、今のようにカーラを介して毎日欠かすことなく届けられるようになったのだ。

最初に受け取ったときは何が入っているのか知らなかったから、ユーニスはなんの気なしに彼女の前で中身を確かめてしまった。

だから彼女はこの箱に何が入っているのかを知っている。

先ほどのような反応をするのはわけがあってのことだった。

「直接私に渡せばいいのに、どうしていつもカーラさんに……」

ユーニスはぶつぶつと独り言を言いながら、梱包を解いて箱を開ける。

――なぜ彼は毎日下着を贈ってくるのかしら……？

中に入っていたのは、真新しいドロワーズだった。

ユーニスはドロワーズを手に取って、まじまじと見つめる。

肌触りのよい上質なシルク生地。少々生地が薄い気もしなくはないが、脚の付け根部分に美しいレースがあしらわれて、とても手が込んだ品だった。

これにはどんな意味があるのだろう。

はじめは下着を破きそうになった初夜のことを気にして、お詫びのつもりで贈ってきたのだと思っていた。

だが、毎日のように贈られるうちに、違うような気もしてきた。

他に理由があるのではと考えたりもしたが、今のところ答えは見つかっていない。

リオンに直接聞くのもなんとなく躊躇いがあった。

「あ…、アトリエに行かなくちゃ」

ユーニスはふと、先ほどのカーラの言葉を思い出す。

彼にもらった下着を持って寝室に駆け込み、素早くそれに穿《は》き替えてから、急いで部屋を出た。

なぜそうするのかは、自分でもよくわかっていない。

ただ、リオンはそれが気に入ったかどうかを、いつもすごく気にしていた。

ユーニスが穿かずにいると、心なしかがっかりした顔をする。

だから早く身につけたほうがいい気がしてきて、いつの間にか贈られてすぐに穿き替えるようになったのだ。

❀　❀　❀

――一時間後。

リオンが待っていると言われたあと、ユーニスはすぐにアトリエに来ていた。

窓辺には白と茶の交じったふさふさの毛並みの犬と、つやつやの毛並みの黒猫が仲良くくっついて気持ちよさそうに眠っている。朝食のあとにリオンがアトリエに来たとき、扉の前で彼を待っていたので中に入れてあげたようだった。

こういった光景は、ユーニスにもすでに当たり前のものとなっている。

はじめはいちいち驚いていたが今ではすっかり慣れて、今日は昨日とは違う子が来たのだなと、彼らと笑顔で挨拶できるまでになっていた。

「ユーニス、そんなに緊張しないで」

「で…、でも……」

「ずっとそれじゃ疲れてしまうよ？」

「わかってはいるんです。でも、なかなか慣れなくて……」

そのアトリエの一角では、先ほどからあることが行われていた。

ソファに座るユーニスと、キャンバスに向かうリオン。

上手に描けるようになりたいから手を貸してほしいと頼まれ、こうしてリオンの絵の練習台になって半月ほどが経つ。今では二人の日課のようなものだった。

けれど、ユーニスの顔はいつも強ばってしまう。

リオンは緊張しなくていいと言ってくれるが、そう簡単なことではない。

彼のまっすぐな目で隅々まで観察されていると思うと、どうしても緊張してしまって、なかなか自然体でいられなかった。

「なら、何か話をしようか」

「話って？」

「なんでもいいよ。どんな花が好きだとか、好みの服の色とか」

「……なんでも」

ユーニスは考え込み、リオンの手の動きを目で追いかける。

カーラとさまざまな話をしたあとだったからか、頭に浮かんだのは彼の両親のことだった。

本当になんでもいいのだろうか。

こんなことを話題にしたら気を悪くしないだろうか。

迷いはあったが、リオン自身の気持ちも知りたいと思い、ユーニスは思い切って聞いてみることにした。

「ご両親とのことを、聞いてもいいですか？」

「……？　いいけど……、何かあった？」

「少し気になることが……」

「どんなこと？」

「その…、これはあくまで私の目から見ての話なのですけど……」

「うん…」

「お二人はあなたに対して素っ気ないというか……、接し方が冷たいというか……。最近それが気になっていたんです」

「……そうだったんだ」

「はい…」

小さく頷くと、彼はやや驚いた様子で手を止めた。

突然そんなことを言い出したから、思い悩んでいると思ったのだろうか。

リオンは考えを巡らせるように数秒ほど天井を仰ぐと、絵筆を置いて立ち上がり、ソファの前に椅子を移動させてユーニスの前に座った。

「いつから気にしていたの？」

「……ここに来て一週間目くらいには。はじめは不思議に思う程度だったんですけど、だんだん気になって……」

「そんなに前から……」

「ごめんなさい。私ったら差し出がましいことを聞いてしまって……っ」

「いや、そんなことを謝らなくていいよ。というか、もっと早く相談してくれればよかったのに。別に悩むようなことじゃないんだから」

「え？」

悩むようなことじゃない？

それはどういう意味だろう。

意図を摑めずにいると、彼は不思議そうな顔で答えた。

「だって僕はそれと反対のことを思ってたから」

「……え？」

「父上には、最近すごく話しかけられると思ってた」

「……、……それは…、カミユさまがいた頃よりということですか？」

「兄上？　あぁ……。どうなのかな。君と結婚してからのほうが、よく話しかけられるようになった気がする」

「……」

「それに、母上にも特別冷たくされたことはないよ。体調が優れないことが多いみたいだから、顔を合わせることは少ないけど、会えば挨拶くらいはしてる」

「そ……う、ですか……」

「それより、父上はずいぶん君を気に入ったんだね。あんなふうにたくさん話す姿を見たのは久しぶりだ。母上も笑顔を見せるようになったというし、毎日部屋を訪ねてくれる君がとても気に入ったんだろうね」

そう言ってリオンは目を細めて微笑む。

強がっているわけでも、嘘をついているわけでもなさそうな顔だ。

それどころか、彼のほうはまるで気にしていないのが見て取れる。ユーニスが彼の両親とそれなりにうまくやっていることを純粋に喜んでいるようだった。

けれど、そんなことは今はどうでもよかった。

リオンがこの状況に疑問を持っていないことに、どうしようもなく胸が痛む。

多くの使用人がリオンの不遇な扱いに眉をひそめていたにもかかわらず、本人はそれをなんとも思っていないのだ。彼にとって家族の語らいとは傍観《ぼうかん》するもので、参加するものではなかったと言われているようで哀しかった。

「……どうかした？」

「いいえ……」

ユーニスは小さく首を横に振って彼を見つめる。

知らず知らずのうちに、膝に置かれていた彼の手を摑んでいた。

リオンは握られた自身の手に目を落とし、すぐにユーニスに視線を戻す。はじめは少し戸惑っているようだったが、やがてユーニスの手を握り返すと、柔らかな甲にそっと頬を寄せた。

「今日は…、もう絵を描くのは終わりにする……」

彼は囁いて手首にキスを落とし、ユーニスを流し見る。

いつの間にか、その瞳の奥には情欲が宿り始めていた。

ユーニスは彼の眼差しから逃れるように俯く。

日を追うごとに、彼に見つめられることを恥ずかしく感じるようになっていた。

「ね、隣に行ってもいい？」

「……っ」

「ねぇ、ユーニス……」

「ん…っ」

彼は立ち上がり、ユーニスの耳元で囁く。

熱い息がかかって思わず声を上げ、肩をびくつかせると、リオンは小さく笑ってユーニスの頬に口づけた。

「でっ、でも……ッ、あの子たちが見て……っ」

「え？　あぁ……」

ユーニスは真っ赤な顔で窓辺を指差す。

彼は思い出した様子で窓辺に目を向けた。

そこではリオンを訪ねてきた犬と猫が先ほどまで気持ちよさそうに眠っていたが、自分たちの妖《あや》しい雰囲気を察知したのだろう。二頭は顔を上げて、興味津々といった様子でこちらを窺っていた。

「おまえたち、なんて目で見てるの……」

言いながら、リオンは窓辺に向かう。

二頭はぱっと立ち上がって嬉しそうにリオンにすり寄ったが、彼らの頭をそれぞれぽんぽんと撫でると、「おいで」と言って扉のほうに歩き出した。

「もうお帰り。今日は忙しいんだ」

そのまま扉を開け、リオンは二頭を外に促した。

黒猫は甘え声で彼のふくらはぎに身体をこすりつけ、犬のほうも白と茶の交じったふさふさの身体を反対のふくらはぎに寄せ、クゥン…と寂しげに鳴いている。

「気が向いたら、また明日来て……」

リオンは言葉を加え、彼らと廊下の向こうに消えてしまう。

程なくして、扉の閉まる音が廊下の向こうから聞こえ、すぐにリオンが戻ってくる。どうやら二頭を帰してしまったようだった。

「……せっかく来てくれたのに」

「いいんだ。彼らだって、いつもほどほどの時間で帰っていく。どこかで飼われてるみたいで夕方にはちゃんと家に戻るんだ」

「あぁ、それで……。あの子たち、来てもいつの間にかいなくなってしまうから、ずっと不思議だったんです」

「ん、だから気にしなくていい」

リオンは頷き、こちらに向かって歩を進めてくる。

けれど、途中で「あっ」と呟いて足を止めると、キャンバスの傍に置かれた小さなテーブルに向かった。彼はその引き出しから新品の絵筆を取り出し、それを持ってユーニスのいるソファに戻ってきた。

「……さっきの続き、してもいい？」

彼はユーニスの前に膝をつき、甘えるようにねだる。

「ね、だめ…？」

「……ッ」

絵筆の先をぺろりと舐め、濡れた眼差しを向けられてドキッと心臓が跳ねた。

それが何を意味しているのか、ユーニスはもう充分すぎるほど知っていた。

なぜだかわからないが、初夜以降も彼はユーニスを愛撫するのに絵筆を使うのだ。

拒んでは気を悪くしてしまうのではと思って、困惑しながらも受け入れ続けていたこともあり、気づけばこれで全身を愛撫されるのが当たり前になっていた。

「ユーニス、だめ？」

「まだ…、明るいのに……」

「明るいと、だめなの？」

「……だって、全部見えてしまうから」

「もう何度も見てるのに？」

「それは……」

「大丈夫。ここには誰も来ない。僕しか見てない」

「あ…ンッ」

リオンはユーニスの首筋に口づけ、舌先で肌を撫でる。

絵筆はユーニスの手のひらをくすぐっていて、思わず甘い喘ぎを上げてしまう。

顔を赤くすると、彼はくすりと笑って唇を重ねてきた。

どうしてもユーニスをここで抱く気でいるようだった。

「……ん」

けれど、その強引さとは裏腹に彼の口づけは優しい。

はじめはいつも重ねるだけで、互いの唇を何度も確かめ合う。

それを心地よく感じてしまうから、ユーニスの身体はすぐに弛緩《しかん》してしまうのだ。

唇をそっと舐められると、ぴくっと頬を震わせながらも、ユーニスは大人しく口を開く。

彼は熱い舌をゆっくり差し入れ、歯列をなぞって上顎を軽く突き、ユーニスの舌の上をやんわりと撫でさすった。

「ン、…っふ」

重なった唇から漏れる甘い喘ぎが密やかに響く。

ユーニスはうっすらと目を開け、彼の様子を窺った。

すると、ぼやける視界に熱っぽい眼差しが映る。彼もまた自分を見ていたと知り、ユーニスはリオンの腕をきゅっと摑んだ。

──もう身体の隅々まで知られてしまっているのに……。

どうしてだろう。最近、彼に見られるだけで恥ずかしさが募る。

鼓動も激しくなって、苦しくなる一方だった。

「ユーニス……」

「あ…っは」

リオンはキスの合間に何度も名を囁く。

その間も彼の手は動き続け、手のひらをくすぐっていた筆先はいつの間にかユーニスの内股を撫でていた。

筆が動くたびに、びくびくと身体が揺れてしまう。

彼はそれに目を細めると、ユーニスの小さな舌を搦め捕った。

「ふ、…う…ン……」

ユーニスも自ら舌を差し出す。

互いの舌を擦り合わせ、次第に夢中になっていく。

「あぁ…ッ」

だが、内股を撫でていた筆先が奥へと進んで敏感な中心を掠めた瞬間、唇を離して喘ぎ声を上げた。

無意識に脚を閉じようとしたが、彼はその前に身体を割り込ませてくる。さらに開脚させられると、下着の上からユーニスの中心に筆先で円を描いたり、上下左右に動かしてみたりと意地悪にいたぶられた。

「ひぁ…う…、それ……や……ッ」

次第に下着がじわりと濡れていく。

それが自分でもわかってユーニスは彼の首に抱きつき、ふるふると首を横に振った。

「どうしていやなの？　こんなに感じているのに」

「だって…っ」

少し撫でられるだけで簡単に濡れてしまう淫らな身体。

毎日のように抱かれているうちに、どんどん敏感になっていった。

こんな道具にまで感じてしまうだなんて、どうかしている。いつかこれだけで達してしまうときが来るのではと、不安を感じていた。

「わかってるよ…。だから、もっと優しくさせて……？」

「リオ…、んん…っ」

彼は充分優しい。

唇も指先も、いつだって労りに満ちている。

けれど、こんなふうに絵筆で愛撫されることが特別好きなわけではない。

そう訴えようとしたが、リオンは口づけで言葉を封じ、ユーニスの秘所を筆先でなおもいたぶり続けた。

「ンッ、あっ、んんっ、んぅ…っ」

「あ…、この下着、穿いてくれたんだ」

やがて、スカートを大きく捲り、彼はふと目を落とす。

そこで自分の贈ったドロワーズをユーニスが穿いていることに気づいたようで、嬉しそうに唇を綻ばせ、脚の付け根部分に施された美しいレースに口づけた。

「っは、あ…ッ」

「ね、今日のはどう？　肌触りは悪くない？」

「っふ、……あ、……いい…、です……」

「よかった」

「ひぁんッ！」

言いながら、リオンは筆先でいじっていた芽を舌先で突く。

ユーニスは喉を反らして一際大きく喘いだ。

下着越しとはいえ、熱い舌の感覚が伝わってくる。続けて何度も上下に動き、激しく喘ぐと、脚の付け根にそっと指が忍び込んできた。

「あっ、ん…、ああうッ！」

ユーニスはびくっと肩を揺らして身悶える。

普通の下着なら太股あたりまで布で覆われているから、そんな場所から指を忍ばせても肌を撫でる程度のことしかできない。

だが、リオンの指先はユーニスの秘所をあっさり直に捉えていた。

今さらなことだが、これは自分の知るドロワーズとはなんだか違う。

脚の付け根部分のレースが蝶の羽のようにひらひらして、スカートのようになっているから簡単に中心に触れられてしまうのだ。

「あぁ、あっあっ、あぁあ…っ」

ひだを上下に擦られ、布越しに淫らな音が響く。

「すごい……。指が簡単に入ってくよ……」

リオンはごくっと喉を鳴らし、ひくつく中心にすぐさま指を差し入れると、内壁を擦りながらゆっくり出し入れを繰り返した。

なんて卑猥な光景なのだろう。

薄いシルク地の下で、彼の指がどう動いているのかわかってしまう。

布の上からも筆先で敏感な芽を刺激されて小さな突起が主張を始めていた。

しみを作るほど濡れた下着。

蜜を零して、まるで悦《よろこ》んでいるようだった。

「いや…っ！」

窓から差し込む光で見えてしまった光景に、ユーニスは両手で顔を覆う。

恥ずかしさで身を捩り、その光景から必死で逃れようとした。

「ユーニス？」

「や…ッ、いや……っ」

「ユーニス、どうし……」

「……ッ、も…、もう……抱いてください……っ！」

「え…？」

羞恥で全身が燃えるように熱い。

ユーニスはソファに身を伏せて懇願《こんがん》する。

彼の驚きが伝わったが、これ以上淫らな自分を見られたくない。

ユーニスは太股に力を入れ、リオンの手をぎゅっと締め付ける。もう動かさないでほしいと思ってのことだった。

「でも…」

「早く……、お願いです……」

「……、……本当にいいの？」

「……はい」

リオンは戸惑っている様子だ。

それでも懇願を続けると、彼も心を決めたらしい。ソファに身を伏せるユーニスの耳元に顔を寄せ、柔らかなキスを落として中心から指を引き抜く。

「あ…っはぁ」

そんな動きにさえ甘い声が出てしまい、恥ずかしくてとても顔を上げられない。

脚は固く閉じられ、捩った上半身はソファにしがみついているようになっていた。

これでどう抱けばいいのかと、彼はさぞ困惑したことだろう。

リオンはしばし考え込んでいるようだったが、やがてユーニスの腰を抱きかかえて下に向かせると、膝を床につかせて背後から抱き締めてきた。

「あの、さ……、こうやって抱いてもいい……？」

彼はユーニスのお尻を撫でてから、指先で入口を突く。

おそらく、後ろから身体を繋げると言っているのだろう。

まるで動物の交尾のようだと思ったが、身を伏せたままコクコクと頷いた。今は見つめ合って抱かれるほうが恥ずかしかった。

「ん…ッ、……は、い……」

「い…、いいんだ……」

リオンはユーニスの了解を得ると、躊躇いながらも下着をずり下げていく。

しかし、脚を閉じているから、なかなかうまくいかない。彼は内股に指を滑り込ませてくすぐり、ねだるように囁いた。

「脚、もう少し開いて……？」

「……こ…、これくらい…、ですか……？」

「うん、あと少し……」

「……っ」

何度もねだられているうちに、徐々にユーニスの脚が開かれていく。

そうするうちに納得いく角度になったようで、リオンは「もういいよ」と言ってユーニスの下着に手をかけた。

――もしかして、これではリオンにすべて見られてしまうのでは……。

今になってそのことに気づき、ユーニスは慌てて身を起こそうとする。

だが、その前に膝のあたりまで下着を下ろされ、自然と剝《む》き出しになった秘所がひやっとした空気に晒されてしまった。

「……ッ！」

ユーニスは思わず息を呑む。

腰をぐっと摑まれて突き出すような恰好にさせられると、同時に熱の塊《かたまり》が入口に押し当てられていた。

「あ…っ!?」

「挿れるよ……？」

「ひっん、あぁ――ッ」

ユーニスは背を反らし、甲高い嬌声《きょうせい》を上げた。

返事をする間もなく、ぐちゅっと淫らな響きと共に蜜口を押し広げられた次の瞬間、最奥まで一気に貫かれていた。

「あ…、あ……、ぁ……」

いつもよりも繋がりが深い。

当たる場所もいつもと違っていて、ユーニスはゾクゾクと身を震わせた。

「……っく」

思わず彼を締め付けると、苦しげな呻《うめ》きが聞こえてすぐさま抽送が始まる。

「あぁぅ…ッ！」

ユーニスは弓なりに背を反らしてソファの肘掛《ひじか》けをぐっと握り締めた。

とても熱くて激しい。

自分の中を行き交う猛々しさに目眩《めまい》がするようだ。

それでいて、彼の指先は優しい。リオンはユーニスの背に柔らかく指を這わせると、服のボタンを一つひとつ丁寧に外していく。

──そういえば、私…、下着しか脱いでいない……。

だから『抱いてください』と懇願したとき、彼は戸惑っていたのだろうか。

いくらあのままでは居たたまれなかったといっても、これでは自分から強引に誘ったようなものだと、ユーニスはますます顔を赤くしてソファに顔を埋めた。

「あっあっ、ひあっ、ああ…ッ」

やがてボタンがすべて外されると、ユーニスの背は剝き出しになる。

リオンは指先で背筋を軽くなぞってから、肩甲骨に唇を押しつけ、後ろから乳房を揉みしだきながら激しく腰を前後させた。

「ひっん、ンッ、あうっ」

「ユーニス…ッ、……ッ」

熱い吐息、狂おしいほどの腰づかい。

肌がぶつかるたびにふしだらな水音が響く。

彼はいつもより興奮しているようで、少し痛いくらいの力でユーニスを掻き抱き、夢中で快感を追っている様子だ。ふと見れば散々ユーニスを弄《もてあそ》んでいた絵筆は床に転がっていて、存在さえ忘れているようだった。

だけど、このほうがずっといい。

本当はリオンの体温だけを感じていたかった。

「ふ…あぁッ、リオン…、もぅ…だめ……ッ！」

「…ん、いいよ…ッ。気持ちいい場所だけ擦ってあげる」

「あっあぁ、あっあっ、ああ……ッ」

見る間に快感に追い詰められ、ユーニスは我慢できずに自ら腰を揺らす。

結合部はどちらのものかもわからない体液が溢れていて、太股を濡らすほどだった。

迫り来る絶頂の波を感じて、お腹の奥が切ない。

彼を強く締め付けると、さらに激しく腰を突き入れられ、苦しいほどの力で抱き締めら

れた。

行き交う逞しい熱にユーニスは喉を反らす。

目眩がするほどの快感にわななき、一気に高みへと上り詰めていった。

「あぁ、あぁあ、っひ、……あ――…ッ！」

部屋に響く、絶頂に喘ぐ嬌声。

ユーニスは快感の波に呑み込まれ、ぶるぶると内股を震わせる。

貫く熱は、激しい絶頂に蠢く肉壁をいまだ穿っていた。

しかし、程なく訪れた断続的な痙攣《けいれん》による締め付けには堪えられなかったようだ。

「……っ、――…ッ！」

リオンは低い呻きを上げ、ユーニスの身体を小刻みに揺らす。

腰を突き上げると、欲望のまま最奥に精を吐き出した。

「っは、……あ、……はっ…ぁ、……っ」

アトリエに響く乱れた呼吸音。

ユーニスはソファに突っ伏して肩で息をすることしかできない。

リオンも深い快楽の波に呑み込まれたように苦しげに息を弾ませ、ユーニスの背に頬を押しつけていた。

けれど、互いの体力の差は歴然としている。

彼は深く息をついていち早く呼吸を整えると、ゆっくり繋がりを解き、後ろからユーニスを抱えてソファに座った。

「どこか…、痛くしてない？」

「……はい、どこも……」

「よかった……。いきなり挿れたから……。結構激しく動いた気もするし……」

「……少し、じんじんします。でも、大丈夫……」

「そ、そう……」

リオンは小さく頷き、それきり口を閉ざす。

ユーニスのほうも徐々に息が整い、広い胸の中で身を捩って振り向くと、少し顔を赤くしたリオンと目が合った。

なんとなく触れたくなり、ユーニスはそっと手を伸ばす。

彼はぴくっと頬を揺らしたが、大人しく受け入れる。顔はますます赤くなったが、嫌がる素振りは見せなかったので、その滑らかな頬を何度も撫でた。

――かわいい人……。

男性に対してこんなふうに思うのはおかしいだろうか。

年下だからそう思うのだろうか。

だが、これは弟のジャックをかわいく思うのとはまったく違う気持ちだ。

「……ユーニス、しばらく抱き締めていていい？」

彼は返事を待たずにユーニスを抱き締める。

逞しい腕。広い胸。

まっすぐ射貫いてくる金色の瞳。

胸の奥がきゅっと切なくなり、鼓動が速まるのが自分でもわかる。

ユーニスは甘えるように彼の胸に頬を寄せた。

リオンの腕に僅かに力が込められたが、苦しく思うどころか心地よく感じ、高鳴る胸の鼓動を聞きながら彼と見つめ合った。

――他の誰も与えようとしなかった温もりを、感じ取ってくれていたら嬉しい。

引き寄せられるように顔を近づけ、目を閉じて唇を重ねる。

彼の身体はまた熱を持ち始めたが、それ以上を求めてくることはなかった。

その代わり、誰も訪れることのないアトリエで、二人とも時も忘れて甘い口づけを交わし続けた。

第三章

――二か月後。

いつの間にか季節は移ろい、そろそろ秋口に差し掛かる頃だ。

ユーニスがリオンと結婚して、もう三か月が経っている。

穏やかな日々は一見すると幸せに満ちたものだが、実際にはすべてが順調というわけではなく、それなりに頭を悩ませることはある。

リオンと彼の両親との関係がそれだ。

彼らは今も何一つ変わっていない。

義父ブラウンは相変わらずリオンに冷淡で、時々話しかけることがあっても蔑《さげす》むような物言いばかりをする。義母フローラも、少しずつ体調がよくなってベッドから起き上がれる日が増えても、リオンとは会おうともしない。

けれど、リオンは当主として日々努力を重ねているのだ。

彼は具体的なことは何も話さないが、この頃は家令のアルフレッドと何時間も執務室に籠もっている。そこでさまざまなことを学ぶ時間が増えたぶん、アトリエで好きな絵を描くことに没頭する時間も少なくなっていた。

彼がこの家のために努力しているのは誰の目にも明らかだ。

にもかかわらず、義父や義母にはそういったことが何一つ見えていないようだった。

たとえリオンがそれを気にしていなくとも、ユーニスは歯がゆくて仕方ない。このぎこちない関係をなんとか改善できないものかと考えあぐねていた。


「――それではお義母さま、今日はこれで失礼いたしますね」

「ええ、また明日。楽しみに待っているわ」

その日もユーニスは、いつものように義母フローラの部屋を訪れていた。

彼女はこうしてユーニスが少し顔を見せるだけでとても喜ぶ。

今も三十分ほど話して、疲れてはいけないからと出てきたところだが、どこがそんなに気に入られたのかは自分でもよくわからない。

――今日もカミユさまのお話ばかりだったけれど……。

扉を閉めた途端、ユーニスはため息を吐く。

カミユ、カミユ、カミユ……。

フローラは口を開けばカミユのことばかりだ。

話を聞いてくれる相手がほしかった気持ちはわかるのだが、こう毎日彼の話ばかりでは辛いものがある。

そもそも、ユーニスはカミユに駆け落ちされた身なのだ。どうしてその人の話を延々と聞かされなければならないのかと憂鬱《ゆううつ》に思うこともしばしばだった。

しかし、こうして話をすることで、彼女が少しでもリオンに興味を持つきっかけを得られればという淡い期待もあって毎日足を運んでいるところもあるのだ。

ただ、今のところ、これといった成果は特にない。

さり気なく彼のことを会話に織り交ぜて反応を窺っても、まったく関心がないといった顔をされてしまうのは本当に哀しいことだった。

「あら？　あそこにいるのは……」

そろそろ部屋に戻ろうと思い、身を翻《ひるがえ》すと、リオンが廊下の向こうで窓の外を眺めているのに気づいた。

彼がフローラの部屋の近くまで来るなんて珍しい。

ゆっくり近づいていくと、気配に気づいたのか、リオンはふとこちらに目を向けた。

「ユーニス」

「お義母さまに会いにいらっしゃったのですか？」

「いや…、君を待っていただけだよ」

「……そう…ですか」

他になんの用があるの？

リオンはそう言いたげな目で頷く。

少し残念な気持ちで見上げると、彼が疲れた顔をしていることに気づいた。

リオンが今日も朝から執務室に籠もっていたことは知っている。

突然家を継ぐことになったせいで、覚えなければならないことがたくさんあるのだろう。

疲れが溜まっているのか、最近こんな顔でぼんやりしているのを時々見かけた。

「今日はもう執務室に戻らなくていいんですか？」

「ん…、今日はもう終わり。だから、アトリエでまた君を描きたいと思って……。忙しいなら無理にとは言わないけど」

「忙しいなんてそんなわけ……。あ、でも、その前に温室に寄っていいですか？　今日はまだ様子を見に行っていないんです。だから、先にアトリエで待っていてもらえると」

「じゃあ、温室の前で待ってる」

「では…、すぐ済ませますね」

「……うん」

リオンはどうやら一緒に行ってくれるみたいだ。

彼は恥ずかしいことを平気で言うかと思えば、妙なところで照れたりもする。今のような返答をするときは、恥ずかしがって一緒にいたいと言えないようだった。

——本当に、知れば知るほどかわいい人……。

ユーニスはにこにこしながら彼と裏庭に向かう。

裏庭の一角にはガラス張りの小さな温室がある。

部屋に飾る花を育てたいと少し前にリオンに相談したところ、この場所を使っていいと言ってくれたのだ。

とはいえ、彼のように何か趣味を持ちたいと思ってのことで、元々そんなに花に詳しいわけではなかった。とりあえず春頃に芽を出すのを期待して、数日前にチューリップの球根を植えたのだが、初めてのことなので勝手がわからない。もしかすると、もう芽が出ているのではと毎日のように訪れ、土が乾いていれば湿る程度の水やりをしていた。

「——今日も変化なし……。まぁそうよね。春までまだ何か月もあるのに、私がせっかちなんだわ」

球根を植えた盛り土の前で、ユーニスは苦笑を漏らす。

わくわくして待っているだなんて、まるで子供みたいだ。

自分が意外とせっかちだということにも気づき、新しい発見があるのも楽しかった。

「さて……」

ユーニスは立ち上がり、辺りを見回す。

温室の隅に植えられた樹木の前で、リオンがぼんやりと立っていた。

彼はユーニスがチューリップの観察をしている間、こちらの様子をチラチラ窺いながら温室内を右に行ったり左に行ったりと、ずいぶん暇《ひま》そうにしていた。

どうやらああやって見守ってくれているつもりのようだが、どうせなら傍にいてくれればいいのにと思いながら、ユーニスは彼に近づいていった。

「待たせてごめんなさい」

「……あ、……うん。どうだった？」

「ええ、今日もまだでした」

「そう…、気長に待てばいいよ」

「そうですね」

苦笑ぎみに頷くと、彼はさり気なく励《はげ》ましてくれた。

こうして励まされるのはもう何度目になるだろう。

あまりにもユーニスが楽しみにしているからか、なかなか芽が出ないことに落胆しないよう気遣ってくれているようだった。

「その木は何か実が生るんですか？」

「え…？　あ……。うん、まだ少し先かな。実ったらジャムにして食べようか」

「まぁ、食べられるんですね」

「う…ん、ちょっと粒が気になるかもしれないけど」

「楽しみです。どこにでもありそうな普通の木だと思っていたから」

「そうだね。だけど、森で木の実を見つけても勝手に食べちゃだめだよ。動物たちにはごちそうでも、人間には毒になるものもあるから」

「まぁ、そうなんですね」

そんな状況が自分に訪れるだろうかと思いながらも、ユーニスは素直に頷く。

何せ彼のほうが植物にずっと詳しいのだ。

相談したその日にはチューリップの球根を取り寄せてくれて、植え方や芽が出るまでどんなことをするのかも教えてくれた。リオンはそんなに興味がないと言っていたが、もしかしたら一人で多くの時間を過ごしている間、動物を世話したり絵を描いたりするのと同じように、花を育てたこともあったのかもしれない。

「ミャー…」

その後アトリエに向かうと、かわいい先客が来ていた。

ユーニスは、扉の前でリオンが来るのを待っていた茶色の猫に笑顔で挨拶をした。

「こんにちは、メイ。今日は一人で来たの？」

「ニャー」

声をかけると、その猫はむくっと起き上がって返事をする。

五月頃に右脚を引きずっているのを見つけてきたからという理由で、その猫をメイと名付けたらしい。こんな細かいことまですっかり覚えてしまった自分がなんだかおかしかった。

「ポポ…、おまえも来てたんだ」

「え？　あ、本当だわ。そういえば、日中に見かけるなんて初めてですね」

「夜行性だからね。日が高いうちに姿を見せるのは珍しいかも」

リオンが見上げる先には、樫の木にとまったフクロウのポポもいた。

こんな時間に起きていて大丈夫なのだろうか。

それとも、今日は夜に寝るのだろうか。

ここのところリオンがアトリエに姿を見せない日があるから、心配して来てくれたのかもしれなかった。

「……なぁに？　甘えん坊ね」

ゴロゴロと喉を鳴らしたメイが、ユーニスの足にまとわりつく。

きっと待っている間、寂しかったのだろう。その場にしゃがんで喉や頭を撫でてやると、メイはうっとりした顔になってユーニスのふくらはぎをぺろぺろと舐めてくれた。

「ふふっ、くすぐったいわ」

ところが、その直後、

「だめッ！」

「え？　きゃ…っ!?」

突然ふわりと身体が浮いて、ユーニスは小さな悲鳴を上げる。

いきなりのことですぐに状況を把握できなかったが、どうやら背後から抱き上げられたようで、ユーニスはいつの間にかリオンの腕の中にいた。

「ど…、どうしたんですか……？」

「……あ、……、いや……別に……」

驚きを隠せず問いかけるが、彼は目を泳がせて答えを濁《にご》す。

首を傾げると、彼は「ニャー…」と鳴くメイの声に頬をひくつかせ、少し怒った顔をした。

「今日は忙しいから、もう帰って！」

「え…っ!?」

そう言って、ユーニスを抱えたまま扉を開けると、リオンは彼らを招き入れることなく扉を閉めてしまったのだった。

「リオン……？」

「……」

つい先ほどまでいつもどおりだったのに、どうしたことだろう。

彼は何も答えない。外ではメイが寂しげな声で鳴いている。

かわいそうになってユーニスが扉の向こうを窺う素振りを見せると、ぎゅうっと強く抱き締められた。

よくわからないが、これは喧嘩《けんか》の一種だろうか……？

困惑しつつもこのままではいけないと思い、なぜか突然機嫌の悪くなったリオンを宥《なだ》めるように囁いた。

「お友達は大事にしたほうがいいです」

「別に友達じゃ…ッ」

「本当に？　もう二度と来てくれなくなってもいいんですか？」

「それは……」

「そんなの寂しいです。……リオンもそうでしょう？」

「……う、ん」

はじめは怒った口調で言い返してきたリオンだが、すぐに大人しくなって最後は躊躇いがちに頷く。

何があったかは知らないが、わかってくれてよかった。

彼はユーニスを下ろすと、外の様子を窺いながらそっと扉を開けた。

「……嘘、入っていいよ」

するると、了承を得たメイが嬉しそうに飛び込んできて、続いて樫の木にとまっていたポポまでやってくる。慌ててユーニスが中の扉を開けてやると、羽ばたきの音はアトリエの奥に向かい、ポポは悠然《ゆうぜん》と棚の上に着地して大きな目をこちらに向けた。

「私たちも中に入りましょう……？」

「……うん」

ユーニスは彼とアトリエに向かう。

まだ少し怒っているようにも感じたが、黙々とキャンバスを用意し始めたのを見て胸を撫で下ろし、ユーニスはソファに座った。

「ニャー…」

「……なぁに？　甘え足りないの？　じゃあ、抱っこしてあげましょうか」

メイは甘え声を出して再びユーニスに近づく。

足下にすり寄ってくる仕草がかわいくて、なんの気なしにふわふわの身体を抱き上げようとした。

「だから、だめだってさっきも言ったのに…ッ！」

「――ッ!?」

だが、手が触れる前に突然の怒声が部屋に響く。

ユーニスは思わず身を硬くし、リオンに目を向けた。彼はキャンバスを握り締め、怒った顔でこちらを見ていた。

「……私、……何か……」

「……あ」

何か怒らせるようなことをしてしまったのだろうか。

沈黙を破って小さく問いかけると、彼はハッと我に返った様子で息を詰めた。

その姿を目で追いかけていたが、リオンはどこか苦しそうな表情を浮かべて少しずつ後ずさっていく。

「もう…、好きなだけいればいいよ……っ！」

そう言って彼は身を翻し、アトリエを出てしまった。

「え…、え……？」

彼はどうしてしまったのだろう。

今のはユーニスに向けた言葉ではなさそうだったが、あんなに怒る理由が見つからない。

「ニャー…」

ふと、足下のメイに目を落とす。

――もしかして、焼きもち……？

心当たりといえば、それくらいしか思いつかない。

あれくらいでまさかと思ったが、一瞬見せた苦しげな顔が気になってユーニスは急いでリオンを追いかけた。

外に出て辺りを見回すと、すぐにリオンの姿を見つける。

どうやら行き先は厩舎《きゅうしゃ》のようだ。

脇目も振らずに建物の中に姿を消した彼を追いかけ、ユーニスも厩舎へ向かった。

「あ…、あの……ッ、リオン……ッ」

ユーニスもすぐに厩舎に足を踏み入れ、中を窺う。

毛並みのいい数頭の馬。

自分たちのために、いつも馬車を走らせてくれる馬だ。

順々に目で追っていくと、一番奥に佇むリオンを見つける。

彼はなぜか真剣な顔で馬のブラッシングをしていた。

「リオ…ン？」

「……」

「あの……」

「……なに？」

「そっちへ行ってはだめですか？」

「……」

「リオン…？」

「気が散るからだめ……っ」

「……っ」

拒絶されてしまった。

戸惑いはあったが、これ以上しつこく話しかければ、感情を逆なでしてしまいかねない。

少し時間を置こうという結論に達し、ユーニスは動揺しながらも大人しく厩舎から出ようとした。

「ど…っ、どこへ行くの…っ!?」

しかし、それをリオンが慌てて引き留める。

「え、あの…、アトリエに戻ろうかと……」

追い返す気はなかったのだろう。

彼は焦った様子で駆け寄ってくると、ユーニスの手を摑んで抱き寄せた。

「あ…っ」

「戻らなくていいよ」

「でも…、傍に行ってはだめって」

「さ…、さっきのは……、僕が君のところに行くって意味で……」

リオンはユーニスを抱き締め、耳元でごにょごにょと言い訳をしている。

まるで、今考えたと言わんばかりのごまかし方だ。

それが弟のジャックが言い訳するときと似ていたから、ユーニスは彼の肩に顔を埋めてくすくすと笑ってしまった。

「なに…?」

「いえ…、怒っていると思ったから安心してしまって」

「あれはメイに……ッ。い、いや……、君に怒っていたわけじゃ……」

「……よかった」

やはりあれは焼きもちだったのだ。

彼は猫に怒ったり拗ねたりしていたのか。

それでつい、思ってもいないことを言ってしまったのだと理解したが、馬のブラッシングで気を静めようとしていたことに笑いが堪えられない。

「子供っぽいと思ってるんだ……」

リオンは顔を赤くして目を背ける。

それでも、彼の腕はユーニスを離そうとしない。

だんだん心がくすぐったくなってきて、気づけば彼を抱き締め返していた。

「いえ、そんな心配いらないのにと思っていたんです」

「どうして?」

「だって私、あなたに会うまで異性に好意を寄せられたこともなかったので」

「え…、そ…、そうなの……？」

「そうですよ」

「……信じられない。僕がその場にいたら、毎日君のこと陰から見つめて」

「陰から？」

「あっ、……な、なんでもないっ！」

「ふふ…っ」

リオンはますます真っ赤になって目を泳がせる。

その様子にユーニスは肩を震わせ、笑顔で彼の腰に強くしがみついた。

ところがそのとき、

「──あ、あのー……、リオンさま、ユーニスさま……」

「……ッ!?」

突如、背後から声をかけられる。

二人はビクッと肩を揺らし、咄嗟に声のほうに振り向く。

いつからそこにいたのか、顔を真っ赤にした使用人が厩舎の入口で申し訳なさそうに立っていた。

「何かあった？」

「は、はい。その…、広間に来るようにと大旦那さまが」

「父上が？」

「……それが、つい先ほど、カミユさまがお戻りになったようで……」

「え…？」

「ですから、カミユさまがお戻りに……」

「──えっ!?」

リオンもユーニスも目を丸くして使用人を見つめた。

今、彼はカミユと言ったのか？

使用人はぎこちなく頷くが、その顔は明らかに困惑している。彼もまた動揺が隠せないようだった。

「……」

状況がうまく呑み込めない。

ユーニスはリオンと顔を見合わせる。

今になって戻ってきたとは、どういうことだろう。

しかし、いつまでもこの場に留まっているわけにもいかず、なんともいえない複雑な気持ちを胸に、二人は屋敷に戻ったのだった──。

❀　❀　❀

ユーニスたちが広間に着いたのは、それから間もなくのことだった。

隣り合わせでソファに座る義父と義母。

その向かい側に座る若い男性。

部屋に張り詰めるぴりぴりとした雰囲気。

二人が広間に足を踏み入れた瞬間、義母フローラの声を荒《あら》らげる姿が目に飛び込んできた。

「駆け落ちだなんて、なんて馬鹿なことをしたの……ッ！　あんな…っ、置き手紙一枚残していなくなるだなんて、どれほど心配したか！」

いつもの彼女からは考えられないような大きな声だった。

その声や表情は、怒りよりも哀しみを感じさせる。

けれど、フローラが見つめるその若い男は何も答えない。

伏し目がちでどこか疲れた様子だった。

色白の肌、少し長めの金髪。

リオンとは似ていないが、どうやらその人がカミユのようだった。

「フローラ、落ち着きなさい。そんなに興奮しては身体に悪い」

「だってあなた、あれから二年以上になるんです……っ！　見つかったと思えば、こんなにやつれた姿で戻ってきて……っ。無理にでも連れ戻さなければ死んでいたかもしれないと思うと、とても落ち着いてなんていられません……ッ」

「その気持ちはよくわかるが……。しかしそう一方的に捲し立てては口を挟む余地がないだろう。声を荒らげるばかりでは何も解決しない。カミユにも何か言いたいことがあるはずだ。そうだろう、カミユ？」

興奮ぎみのフローラを優しく諭し、ブラウンはカミユに目を向ける。

苦笑いを浮かべたその表情はカミユに対しての気遣いを感じさせたが、当の本人は固く口を閉ざして何も答えようとしない。

カミユは煩わしげに前髪を掻き上げ、ため息をついて両親から目を逸らす。

その直後、彼は広間に入ってきたユーニスたちに気づいたようで、驚いた様子で目を見開いた。

「カミユ、いい加減黙っていないで何か言いなさい」

やがて窘《たしな》めるようなブラウンの声が部屋に響く。

カミユはハッとした様子でユーニスたちから目を逸らし、窓の外に顔を向ける。

「カミユ…」

ブラウンはなおも声をかけようとした。

しかし、それを遮ってカミユは感情の籠もらぬ目でぽつりと答えたのだった。

「僕のことは放っておいてください」

「……ッ！」

失踪から二年。

それが捜し続けた息子の第一声だ。

泣き崩れるフローラ。

冷たい一言に戸惑いを隠せない様子のブラウン。

彼らの衝撃はいかばかりであったろう。

にもかかわらず、当の本人は意に介すことなく、青ざめる両親と顔を合わせようともしない。

——とても口を挟める状況ではないわ……。

ユーニスは隣に立つリオンを見上げる。

どうやら彼も心境は同じようで、目の前のやり取りを呆然と見ていた。

カミユは窓の外を見つめたまま微動だにしない。

その後もブラウンが何度か声をかけたが、彼は何一つまともに答えようとせず、重苦しい空気のまま、ただ時だけが過ぎていった——。

❀ ❀ ❀

それから程なくして、ユーニスはリオンとアトリエに戻っていた。

扉を開けっ放しにして出てきたこともあって、戻ったときはすでにフクロウのポポと猫のメイの姿はなかった。

静まり返ったアトリエでは、いつもどおりの光景が広がっている。

窓から差し込む西日が眩しい。

ユーニスはいつの間にか傾き始めた夕日に目を細めると、黙々と絵を描き続けるリオンを見つめた。

ソファに座る自分の姿を、彼はいつも以上に熱心に描いている。

夕日で茜色《あかね》に染まったリオンが、なぜだか少し遠く感じられるのは気のせいだろうか。

いくら見つめていても、その表情からは感情を読み取ることができない。広間から戻って今に至るまで、二人の間にはほとんど会話がなかった。

きっと、彼も複雑な気持ちを持て余しているのだろう。

リオンはほんの三か月前にカミユの代わりに家を継いだばかりなのだ。

もう戻らないものと腹を括ってすべてを引き受けた身としては、どうして今頃と思わざるを得ないタイミングだったはずだ。

――だけど、いまだにカミユさまを捜していたとは思わなかったわ……。

ユーニスは息をつき、広間でのやり取りを思い出す。

あの会話を聞く限り、カミユは自分の意志で戻ってきたわけではないのだろう。『見つかったと思えば』『無理にでも連れ戻さなければ』とフローラは興奮ぎみに話していたし、カミユのほうは明らかに不本意に思っているのが見て取れた。

しかし、すでにこの家はリオンが継ぎ、ユーニスも彼に嫁いだあとだ。

今さら戻ってもカミユが以前と同じ立場に戻ることなどできるわけもない。

それでも、親としては無事に戻ってくれさえすればそれでいいと、捜し続けていたのだろう。

だが、リオンに対する接し方とこうも違うとは思わなかった。

噂には聞いていたが、リオンにはほとんど関心を示さない彼らが、カミユには心を砕く姿を思い出すと悶々《もんもん》とした気持ちが増していく。

この違いはどうあっても埋まらないのだろうか。

リオンは本当になんとも思っていないのだろうか。

以前、一度だけ『兄上みたいに優秀じゃない』と言っていたことがあるから、多少の劣《れっ》等感《とうかん》はあるのかもしれない。

黙々とキャンバスに向かう彼の心を探るように、ユーニスはその表情を窺っていた。

——コン、コン。

そのとき、静寂を破るようにノックの音が響く。

ハッと我に返り、顔を上げると扉が開いた。

「少し、邪魔してもいいか？」

「兄上…」

驚くことに、顔を見せたのはカミユだった。

まさか彼のほうからやってくるとは思いもせず、ユーニスは固まってしまう。

「どうぞ」

リオンが小さく頷くと、カミユはアトリエに足を踏み入れる。

途中、カミユはふとユーニスに目を移し、ぴたりと足を止めてぎこちない表情を浮かべた。

「君が…、ユーニス？」

「……はい」

彼はユーニスが小さく頷くと、眉を寄せて静かに目を伏せる。

「……すまない……」

今さらなことではあったが、掠れた声で謝罪されてユーニスは躊躇いがちに頷く。それ以外の反応などできなかった。

やがてカミユはリオンの隣に立つ。

髪の色も目の色も、まったく違う二人。

兄弟だと言われなければ、ほとんどの者が気づかないだろう。

唯一似ているると思えたのは、低音でよく通る声だった。

「うまくいっているんだな……」

ややあって、カミユはホッとした様子で息をついた。

その視線はキャンバスに注がれている。たった今まで描いていたリオンの絵を見て、そう感じたようだった。

「リオン、迷惑をかけてすまなかった」

カミユはリオンにも真摯《しんし》に謝罪する。

まさか兄から謝罪を受けるとは思わなかったのだろう。リオンは驚いた様子で目を丸くして、謝罪はいらないと言いたげな顔で首を横に振っていた。

しんと静まり返るアトリエ。

それからしばしの沈黙が流れたが、カミユはもう一度キャンバスに目を移し、それ以上は何も言わずに身を翻して、そのままアトリエを出て行った。

靴音が遠ざかり、程なくして扉が閉まる音が微かに耳に届く。

そこで緊張の糸が途切れ、ユーニスはほっと息をついた。

——あんなふうに謝罪されるなんて思わなかった……。

彼は自分たちに謝るためだけにここに来たのだろうか。

広間で見たときはいい印象を持てなかったが、思ったよりも常識のある人なのだろうか。

ふと強い視線を感じて、何げなくリオンに目を向けると、彼はもの言いたげな眼差しでこちらをじっと見つめていた。

ユーニスは首を傾げ、彼の言葉を待ってみたが口を開く気配がない。

いつもは会話がなくても気にならないのに、なぜか今は沈黙を重く感じてしまい、ぐるぐると思考を巡らせて話題を探そうとした。

「……兄上を、どう思った？」

「え？」

しかし、考えを巡らせている途中でリオンに問いかけられる。

——どういうこと？

真意が摑めず様子を窺ってみるが、表情に僅かな強ばりを感じるだけで、その心までは読み取れない。

けれど、そんなことを聞かれても困ってしまう。

あの人が自分の婚約者だったのかとは思ったが、気まずさのほうが上回り、それ以上の感情など芽生えるわけもなかった。

「駆け落ちまでしたのに連れ戻されて辛いでしょうね」

漠然とした問いかけに困り果て、無難な答えを選んだ。

愛する人と無理やり引き裂かれたのだ。

そのことに関しては同情も禁じ得ないと思いながら、ユーニスはリオンを見つめた。

「そう…だね……」

だが彼は曖昧に頷き、それきり黙り込んでしまう。

それからまた場は沈黙に包まれたが、やがて彼は窓の外に目を向け、ゆっくり立ち上がった。

「そろそろ夕食の時間だね。向こうに戻ろうか」

「え、えぇ…」

リオンはどんな答えを求めていたのだろう。

本当は何を聞きたかったのだろう。

知りたい気持ちはあったが、リオンはそれっきり口を閉ざしてしまったから、そのときの彼の真意はわからなかった。

第四章

今日は朝からぐずついた天気で、先ほどから雨粒が窓を叩く音がし始めていた。

昼食後、執務室に向かったリオンは耳に届く雨音を少し憂鬱に思いながら、いつものように渡された書類に目を通していた。

「あ、そろそろアトリエに行かないと……」

ふと、柱時計に目を移し、リオンは目を通したばかりの書類に自身のサインを急いで書き込む。ユーニスとアトリエで会う約束をしているのに、時間が迫っていることに気づかなかった。

リオンは書類を手に立ち上がる。

あとはこれを家令のアルフレッドに渡すだけだった。

この家を継いで、そろそろ四か月だ。

覚えることはそれなりにあり、これまで会ったこともなかった親類や有力者が訪ねてくることもしばしばあった。はじめは戸惑いもあったが、慣れてくると別段難しいことはなく、当主としての役目をこなすのはそう大変なことではなかった。

――コン、コン。

執務室を出ようとしたとき、不意にノックの音が響く。

急いでいるのにと思いながら扉を開けると、今会いに行こうとしていたアルフレッドが立っていた。

「アルフレッド」

「リオンさま、お出かけですか？」

「あぁ、うん…。アトリエでユーニスと会う約束を……」

「そうでしたか。では、出直したほうがよさそうですね」

アルフレッドは笑みを浮かべて頷き、すぐに去ろうとする。

しかし、どのみち彼に会いに行くつもりだったので、気遣う必要はないと慌てて引き留めた。

「いや、いいよ。何かあったの？」

彼は四十半ばの若い家令だ。

落ち着いた雰囲気を持ち、なんでもそつなくこなす。

物事をよく知っていて、リオンがわからないことはどんなことでもかみ砕いて説明してくれる。これまで話す機会がほとんどなかったが、今はとても頼りにしている相手だから、なるべく彼の話には耳を傾けたかった。

「いえ…、そう急ぐ話ではないのですが、リオンさまにお会いしたいという打診がいくつかあり、ご都合を伺いに参っただけなのです」

「あぁそういうこと。うん、別にいつでもいいよ。君に任せる」

「承知しました」

「あ、今日渡された書類にはすべて目を通しておいた。これ、サインしたぶんだけど、一応確認してくれる？」

「もう目を通してくださったのですか？　……えぇ、えぇ大丈夫です。何も問題ありません。ありがとうございます……！」

手にしていた書類を渡すと、アルフレッドは驚いた様子で目を見開き、その場ですべて確認して満面の笑みを浮かべた。

自分はただ目を通しただけなのに、彼はどうしてそんなに喜ぶのだろう。

普段あまり感情を表に出さないアルフレッドが、この瞬間は必ずと言っていいほど嬉しそうに笑うのを、リオンはいつも不思議に思っていた。

そんな疑問が顔に出ていたのだろう。アルフレッドは受け取った書類に目を細めながら、自嘲ぎみに笑った。

「申し訳ありません。リオンさまが何事も滞《とどこお》ることなく判断してくださるので、嬉しくてつい……」

「僕はたいしたことは何もしてないよ。書類にサインして、会いたいという人に会っているだけ。そう時間を取ることでもないし……」

「とんでもありません。あなたはこれらすべてに真剣に目を通してくださるではありませんか。わからないことはそのままにせず、確認して理解を深めようとなさいます。何も考えずに、ただサインしているわけでないのは見ていればわかることです」

「それくらい普通のことじゃ……」

「いいえ、なかなかできることではないのですよ。このように物事が滞りなく進むのは、私がここに来て初めてのことなのですから」

「……？　どういうこと？　父上だってしてしていたことでしょう？」

「そ…、それは……」

アルフレッドはやけにリオンを褒めるが、大げさな気がしてならない。

リオンが目を通していたのは、マクレガー家が治める領地に関わる書類なのだ。

ここは国境沿いで隣国との交流が盛んな場所だけに多少の諍《いさか》いも起こる。そうならないように決まり事を作っても、時代に合わないものは都度修正していかねばならず、判断を仰がれることがあるのだ。

他にも街の治安を守るための対策、治水の整備、橋の建設など皆が求めるものに対応することもあれば、特産品を奨励して街の活性化を図ったりもする。

こういったことはすべてアルフレッドから学び、領主として何をすべきかをリオンは少しずつ理解していった。

今もわからないことは細かく説明してくれるから、これまで判断に迷ったことはほとんどない。無理な要求だと思えば却下することもあったが、予算的にも問題ないと判断したものはなるべく早く承認するようにした。

「大旦那さまは……、その……、判断されるまで少々時間を置く方でしたので……」

ややあって、アルフレッドはリオンの問いかけに躊躇いがちに答える。

「そうなんだ。難しい問題が多かったんだね」

「……そ、う……ですね」

「違うの？」

「……」

珍しく煮え切らない態度だ。

難しい判断を迫られていたわけでないなら、なぜ時間を置く必要があるのか。

眉をひそめてアルフレッドを見ると、彼は目を伏せ、迷いを見せながらたどたどしく答えた。

「そ…、それが……、以前はこの屋敷で夜会を開かれたり、ご自分が夜会に呼ばれて朝帰りされることが多く……、日中はいつもお休みになられていたので、目を通す時間はほとんどとっていただけなかったのです……。カミユさまが失踪してからも周囲にそれを悟られないように、同じ生活を続けておられましたので……」

「それ……って……」

「……」

要するに何もしていなかったと聞こえるが気のせいだろうか。

アルフレッドは書類を摑む手に僅かに力を込めて俯く。

どうやら気のせいではないらしい。

ならば、これまではどうしていたのだろう。父の承認を得なければ進まないことも多かったはずだ。

「……リオンさまは、本当に立派に役目を果たしておられます」

「僕が立派？」

「ええそうです。たとえば、先週承認いただいた治水整備の件を覚えておいでですか？」

「もちろん覚えてる」

「大雨になると川が氾濫《はんらん》するため、特に雨の多い夏は犠牲者が増えるのです。次の夏までに間に合うかはともかくとして、承認を得るまで五年もかかったこともあって、領地の人々は大変喜んでいると報告を受けました」

つまり、父が動かないから多くのことが滞っていた。

そういうことが、たくさんあったのだとアルフレッドは言いたいのかもしれない。

――だからアルフレッドはいつも僕を褒めるのか……。

しかし、こんなことが立派だなんて、なんだか複雑な気持ちだ。

もしかして、父はずいぶん周りを困らせてきたのだろうか。

これまで食事のとき以外はほとんど顔を合わせたことがなかったけれど、父はいつも堂々としていたから、とても立派な当主なのだと思っていた。

考えてみると、リオンは当主の役割について、父からは具体的に教えてもらったことがない。たびたび自覚を持てとは言われたが、当主としての心得も、なすべきことも、教えてくれたのはアルフレッドだった。

「では、私はこれで。ユーニスさまとお約束があるのに、お時間を取らせて申し訳ありませんでした」

「あ…、うん」

部屋を出て行くアルフレッドを横目に、リオンは柱時計に目をやる。

もう少しで三時だ。のんびり考えごとをしている場合ではなかったと、慌てて自分も執務室をあとにした。

けれど、アトリエに向かう間、リオンの心はずっともやもやしていた。

頭に浮かぶのは、時折自分に話しかけるときの冷淡な父の眼差しだ。

はじめはわからなかったが、一度だけユーニスに指摘され、なんとなく観察してみると、確かに自分に対する態度は冷たく感じられた。

だが、はっきりそれを自覚したのは、カミユが戻ってからだ。

父はカミユにはさまざまな表情を見せる。連れ戻された頃と比べるとカミユはずいぶん話をするようになり、父の笑顔を頻繁に目にするようになった。

母もそうだ。この二年間は体調を崩して食事を共にすることがなかったのに、カミユが戻った途端、皆と一緒に食堂でとるようになった。

自分は今まで何を見てきたのだろう。

思えば、彼らに対してまともに関心を持ったことがなかった気がする。

兄との差をどこかで感じていた気はするが、こんなにはっきり区別されていたかどうかまでは思い出せない。ただ、カミユに対して父が『自覚を持て』などと、冷淡な目で言ったことはなかったように思えた。

――なんだろう。胸の奥がすごく気持ち悪い……。

立派な当主だと思っていた父が、そうではなかった。

その父に、どうやら自分は認められていない。

不思議とそのこと自体は、どうとも思わなかった。

ただ、そんな『彼らの輪』にユーニスを入れようとしていると感じられることが、なんだかすごく気持ちが悪かった。

「――リオン！」

そのとき、不意に声をかけられる。

足を止めて声のほうに振り向くと、廊下の向こうから、ユーニスが笑顔で駆け寄ってきた。

「ユーニス……」

「私も今からアトリエに向かうところだったんです」

「じゃあ…、一緒に行こうか」

「はいっ」

彼女は嬉しそうに頷く。

リオンの胸はそれだけで高鳴る。

胸の奥で燻っていた嫌な感情は見る間に消えて、すぐに彼女でいっぱいになった。

優しくて綺麗なユーニス。

彼女の傍にいるだけで、リオンはいつもどきどきしてしまう。

優しく触れたいと思う一方で、彼女の白いうなじを盗み見て、その全身に口づけをして痕をつけたい衝動に駆られる。思うままに彼女を抱けば壊れてしまうだろうかと、そんなことをたびたび考えていた。

「私の顔に何かついてますか？」

「あ…、ごめん」

「どうして謝るんです？」

「……いや」

邪なことを考えていたから、思わず謝ってしまった。

しかも、盗み見ていたつもりが思い切り見つめていたことにも気づき、リオンは自分の顔が熱くなるのを感じて彼女からふいっと顔を背けた。

「ふふ…っ、いいのに……」

ユーニスは愉《たの》しそうに笑い、リオンの袖《そで》を軽く引っ張ってくる。

それでも顔を背けていると、彼女はくすくす笑って自ら腕を組んで甘えてきた。

ユーニス、ユーニス、ユーニス……。

そんなことをされたら、我慢ができなくなってしまうよ。

右側が温かい。

じわりと全身に広がっていく。

――早くアトリエに着けばいいのに……。

そうしたら、抱き締めて口づけて、夕食の時間になるまで君を離さない。いや、夕食もアトリエに運んでもらおうか。空腹が満たされたら、奥にある寝室ですぐにまた君を僕のものにしたいから……。

アトリエに向かうまでの長い通路を歩きながら、リオンは自分の心臓の音が大きくなっていくのを感じていた。

「リオン、ユーニス！」

ところが、アトリエまであと数歩のところで、後ろから自分たちを呼ぶ声がした。

——この声……。

振り向くと、カミユの姿が目に映る。

自分たちの姿を見かけて、追いかけて来たのだろうか。

カミユは笑顔で手を振り、こちらに向かってくるところだった。

「兄上…」

「ちょうど暇してたんだ。邪魔はしないから、少しだけ一緒にいてもいいか？」

「……いいよ。どうぞ入って」

「ありがとう」

小さく頷くと、リオンは扉を開けた。

その間もユーニスの感触は腕にあったが、先に兄を招き入れ、自分たちも中に入ると、これ以上は邪魔になると思ったようで彼女は離れてしまった。

途端に身体の熱が冷めていく。

リオンはがっかりしながらユーニスをソファに座らせ、いつものようにキャンバスを用意する間、何度もため息をついた。

兄が連れ戻されたあの日から、もう一か月になる。

はじめの頃こそ、カミユは意気消沈して両親と顔を合わせるのも嫌な様子だったが、今はたわいない話もある程度はできるようになったようだ。

それでも、恋人のことが忘れられないのか、以前のような快活な笑顔は見られない。連れ戻されたばかりの頃はアトリエに来るのも数日置きだったが、最近では気晴らしになるからと毎日のように姿を見せていた。

兄の心の傷はとても深い。

癒やす時間が必要なのだろう。

そう思ってリオンは黙って受け入れてきた。

しかし、毎日アトリエにやってくるカミユを見ているうちに、リオンはある疑問を感じるようにもなった。

「ユーニス、これを見て。リオンが描いたんだ。なかなか上手だと思わない？」

「まぁ…、今にも動き出しそうだわ……」

「だろう？」

「これはどこから？」

「棚にしまい込んでいたのを昨日見つけたんだ。ほら、こっちの絵もいいと思わない？」

「……素敵」

カミユはそう言って数枚の絵を見せながら、ユーニスの隣に座る。

それはリオンが過去に描いた風景画だ。

しまい込んだつもりはないが、今はユーニスばかり描いているから置く場所がなくなって、棚にしまっただけだ。

褒められるのは悪い気がしない。

ユーニスが目を丸くして、感嘆の息を漏らすのも嬉しかった。

けれど、リオンは素直に喜ぶことができなかった。

どうしてカミユは彼女の隣に座るのだろう。

リオンが彼女を描いている間、どうしていつも彼女にたくさん話しかけるのだろう。

その場所に座られると苛々《いらいら》する。

二人の話し声を聞いているだけで胸が苦しかった。

——兄上はユーニスに会いに来ているみたいだ。

次第にそんな考えが頭の隅を掠め、リオンはカミユに疑念を抱くようになっていた。

元々結婚するはずだった二人。

隣り合って座る様子が自分より自然に思えて不安になる。

二人の距離がどんどん近づいているようにも感じた。

それが、すごく嫌だ。

目を合わせるのを見るだけで、間に入って引き裂きたくなった。

――僕はこんなに醜《みにく》かったのか……。

疑念が大きくなるごとに、リオンは自身に失望する。

彼女の隣に座らないように言えばいいだけなのに、なぜそれができないのだろう。

リオンはキャンバスの位置をずらしてカミユを視界から追い出し、黙々と筆を動かしていた。

「風景や動物はそれなりにうまく描けるのになぁ……」

ぶつぶつ言いながら、カミユは立ち上がる。

そのままこちらに近づいてきて、リオンの隣で立ち止まった。

なんとなく筆を置いて、その顔を見上げると、カミユは眉を寄せて心底不思議だと言わんばかりに首を傾げた。

「ユーニスの絵はなんだってこんなに下手なんだ？」

「……ッ」

リオンは途端に顔を赤くして俯いた。

そうはっきり言われるとぐうの音も出ない。

風景や動物の絵に関しては、それなりに自信はあった。

なのに、ユーニスの絵はなかなか上手にならない。

自分でもそれはわかっていたから、なんの反論も浮かばなかった。

「何を言うんです！」

ところが、その直後、ユーニスの怒声が部屋に響く。

見れば、彼女は顔を真っ赤にして怒っていた。

いきなりのことに驚いていると、彼女はすっと立ち上がって、ずんずんとこちらに近づいてくる。カミユも驚いていたようだったが、彼女はそれに構うことなくリオンをかばうように立ち、怒りに燃えた目で言い放った。

「下手ってなんですか？　なぜそんな決めつけをするんですか？　物にはいろんな見方があるでしょう。一辺倒な物の見方をしないでください。これは個性と言うんです！」

「あ…、うん」

「違いますか!?　この絵から伝わる優しさがあなたにはわからないんですか！」

「……そ、そうだね……。言われてみれば、そんなふうにも……」

「そうなんです！」

「あぁうん、僕が悪かった。何せ僕には絵心というものがないから……」

「そう思うなら、リオンの邪魔をしないでください！」

「わ、わかった…っ。本当にすまない……！」

カミユは後ずさりながら、ユーニスを必死で宥める。

それでも怒りが収まらない様子を見て、ここは退散すべきと思ったのだろう。

「言いすぎたよ。ごめん、リオン」

カミユはリオンにも謝罪をすると、「まいったな…」と苦笑しながら、逃げるようにアトリエをあとにしたのだった。

「まったく、冗談ではないわ！」

だが、当のリオンは呆気に取られてなんの反応もできなかった。

ユーニスはカミユを追い出したあとも、まるで自分のことのようにぷりぷりと怒っている。リオンのほうに近づきながら、かわいい唇を尖らせていた。

「リオン！」

「は、はい…っ！」

彼女は憤りをあらわにしてリオンの前に立つ。

勢いに押されて思わずいい返事をすると、彼女はハッとした様子で頬に手を当て、恥ずかしそうに顔を赤くしてはにかんだ。

「やだ…、私ったら……。大きな声を出してごめんなさい」

「そ…、そんなこと」

「私…、あなたの絵が好きだから、なんだか我慢できなくて……」

「……僕の絵が……好き？」

「えぇ、とても好きなんです。優しくて温かくて、こんなふうにあなたに見られていると思うとすごく幸せな気持ちになるんです。私にとってこの絵は、上手だとか下手だとか、そんな簡単な言葉で片付けられるものではないんです」

「……っ！」

リオンは目を丸くしてユーニスを見上げた。

まっすぐで潤んだ眼差し。

嘘をついている顔ではない。

本気でそう思っているという目だった。

一筆一筆に込めた彼女への想い。

それを彼女は見てくれていた。

好きだと言ってくれたのだ。

「ユーニス…ッ」

「あ…っ!?」

リオンは立ち上がり、感情のままにユーニスを掻き抱いた。

驚く彼女の唇を口づけで塞ぎ、無我夢中で貪《むさぼ》る。

「ん…ぅ、う……」

苦しげに喘ぐ声が聞こえたが、気持ちの制御ができない。

リオンは華奢な身体を抱き上げると、ソファに押し倒した。

「ま…、待ってくださ……、ここじゃ……」

「ユーニス…、ユーニス……ッ」

「待っ…、んんぅ」

彼女をもっと味わいたい。

歯列、上顎、頬の裏、届く範囲すべてを舌で蹂躙し、柔らかく形のいい乳房を服の上からまさぐる。ユーニスは身を捩って小さな抵抗をしていたが、リオンの劣情を一層刺激するだけだった。

「あぁ…ッ」

この結婚はまるで奇跡だ。

物心ついた頃から一人でぽつんと過ごすことが多かった自分。

それに対し、兄は皆から特別に扱われ、いつも周りには誰かがいた。

両親は兄の将来に期待し、望むものはなんでも与えて、とても大切にしていた。

リオンが彼らと過ごすのは食事のときだけだったが、たとえるならそれは、水槽で泳ぐ魚を見ているような気分だった。

誰一人、自分に話しかけることはない。

両親も兄も、自分とは隔絶した世界で過ごしている。

楽しげに笑い合う様子は軽快に泳ぎ回る魚のようで、リオンはそれを少しだけ羨ましく思いながら観賞していた。

けれど、その中で、カミユだけは時々こちら側へやってくることがあった。

彼は前触れもなく、いつも突然ふらりとアトリエにやってきた。

たわいない話をすることもあれば、リオンのすることをぼんやり見ているだけのときもあり、時々憐れむような眼差しを向けながら「おまえが羨ましい」などと言っていたが、その意味はよくわからなかった。

カミユが失踪したときは少し驚いたが、リオンはすぐに戻ってくると思っていた。

だから両親が泣き暮れていてもさほど感情が揺れることはなく、絵を描いたり、アトリエに訪れる動物と昼寝をしたりして、相変わらずのんびりとした生活を送っていた。

しかし、そんな生活が、あるとき一変する。

いつの間にかカミユの失踪から二年が経っていたが、両親はそれをカミユの婚約者に黙っていたようで、屋敷に乗り込んできた相手の父親にばれてしまったのだ。

端で見ていたリオンも、それを知って酷い話だと思ったのを覚えている。

責任を追及されるのも当然のことで、屋敷は連日ぴりぴりとした空気に満ちていた。

ところがある日、相手の父親がなぜこの状況で弟のほうに家を継がせないのかと、疑問を呈《てい》したことで状況が一変した。

両親には思いもよらぬことだったようだが、相手の父親も引き下がらない。

それだけ娘のために必死だったのだろう。

両親にはこれまで黙っていた引け目があるうえに、カミユが戻ってくる当てもない。

結局、折れざるを得なかったようで、ある日突然リオンはカミユの婚約者と結婚し、この家を継ぐように言われたのだ。

兄は多くのものを持っていた。

それがすべて自分のものになるという邪な考えがまったくなかったわけではない。

だが、それもユーニスを前にした瞬間に吹き飛んでしまった。

『はじめまして、旦那さま』

緊張ぎみに挨拶をした自分に、彼女は恥じらいながらも笑いかけてくれた。

彼女はこれまで目にしたどんなものよりも綺麗だった。

リオンはユーニスを見た瞬間、初めて人というものに興味を持ち、教会から戻るや否や、時間を忘れてキャンバスに向かった。

夢中で描き続けていると、不意に彼女が自らアトリエに姿を見せた。

あのときのことはすべて覚えている。

さまざまな話をして、徐々に打ち解けたときに彼女は『あなたの妻になるためにここに来た』と言った。

まっすぐな瞳にたちどころに魅了され、見つめ合い、口づけを交わし、その甘さに一瞬で虜になった。

滑らかな肌、切なく喘ぐ声、淫らに濡れる身体。

こんなに綺麗なものに触れていいなんて思わなかった。

誰かに欲情したのも、優しくしたいと思ったのも初めてのことだった。

際限なく訪れる快楽の波に幾度も溺《おぼ》れ、温もりを抱いて朝まで過ごし、目覚めたときにはとっくに彼女を好きになっていた。

「……あっ、リオン……、んっ、せめて寝室で……っ」

首筋に口づけ、柔らかな太股に手を這わせる。

背中のボタンを外し、服を脱がせかけたところでか細い訴えが耳に届いた。

「誰かが来て……、見られるのはいやです……。あなたにしか、見せたくありません……」

「……っ」

もしかしたらカミユが戻ってくるかもしれないと、彼女は危惧しているのだろう。

さすがに今日はもう来ない気がしたが、可能性がないわけではなかった。

リオンは彼女を抱き上げて寝室に向かう。

この肌も甘い声も、他の誰にも見せたくない。

自分にだけ、すべてを見せてくれる彼女が本当に愛しかった。

どうすれば喜んでもらえるだろう。

どうすれば、もっと優しくできるのだろう。

微かな不安を胸に、リオンはユーニスをベッドに組み敷く。

――君のために、もっと何かできればいいのに……。

ユーニスはリオンに多くのものを与えてくれた。

人を好きになることも肌の温もりも、募る劣情さえ知らずにいた。

「そんなに見ないでください……」

「どうして？　僕にしか見せたくないんでしょう？　この下着も、気に入ってくれた？」

「そ…、それは……」

彼女はリオンが贈った下着をいつものように穿いてくれていた。

スカートを捲りながら意地悪に問いかければ、真っ赤になって恥ずかしがる。

気に入ったかどうかを聞けば頷いてくれるので密かに安堵するが、こんなことしか思いつかない自分が今はやけにもどかしい。

それがカミユに対する焦りだったのかはよくわからない。

もっと触れたい。

もっと君のことが知りたい。

君のためならなんだってする。

誰にも見せない顔を、僕だけにたくさん見せてほしい。

——そうしたら、少しは自信が持てる気がするから……。

リオンは次第にユーニスが気持ちいいと思うことだけをしてあげたくなった。

愛撫だけで何度も達してしまう彼女にどんどん夢中になり、気づけば自分の欲望を満たすことなど、どうでもよくなっていた——。

第五章

しんと静まり返ったアトリエ。

季節の移ろいは早く、ここ数日はやけに冷える。

ユーニスはアトリエに来るや否や、ひんやりした空気にぶるっと身を震わせ、迷わず暖炉に火をつけた。

この寒さのせいか、最近かわいい訪問客の姿をあまり見かけない。

今日もリオンとここで会う約束をしていたが、まだ一時間も先だ。

なんとなく寂しさを感じながら、ユーニスは彼がいつも座る椅子に視線を移し、イーゼルに立てかけたままのキャンバスに目を向けた。

その描きかけのキャンバスには微笑みを浮かべる自分がいる。

ふと、これで何作目になるだろうと思って棚に向かい、彼が初めて自分を描いてくれたときの絵を取り出した。

「懐かしい…。あれからもう四か月以上も経つのね……」

リオンからもらった初めての作品。

部屋に飾ろうとしたり彼の前で見ようとすると真っ赤になって嫌がるから、普段はここに収めていて、時々棚から取り出しては一人でこっそりと眺めているのだ。

こうして見ると、ずいぶん上達したのがわかる。誰を描いているのかわかるようになってきたのだから……。

しかし、以前カミュが持ち出してきたような風景や動物の絵を、今のリオンは描こうとしない。結婚してからずっと、彼はユーニスだけを描き続けていた。

それだけでも、自分が彼に好かれていることは疑いようがない。

ユーニスは棚に絵をしまうと、描きかけのキャンバスがあるほうに戻り、その前に置かれた椅子に座った。

「……好かれてると、思うのだけど……」

微笑を浮かべる自分の姿にそっと手を伸ばし、小さなため息をつく。

胸の奥で密かに燻る不安。

こんなふうに確認してしまうのにはわけがある。

結婚してから自分たちはずっと順調だった。

彼の両親のことでは多少悩むことはあっても、リオンとは互いの心が日々近づいていくのを実感していた。

けれど、ここ一週間ほど彼の様子が少しおかしいのだ。

『——ユーニス、また達してしまったね……』

傍にいれば見つめ合い、口づけを交わす。

日中、身体を求められることも、そう珍しいことではない。

毎日のように肌を重ね、この身体を知り尽くした彼の愛撫でユーニスが簡単に陥落《かんらく》してしまうのもいつものことだった。

『ねぇ、ユーニス。僕の指と舌…、どっちが好き？　それとも、絵筆のほうが好き？　もっと身体の隅々までかわいがってあげる。溢れた蜜もすべて舐め尽くして、何度でもイかせてあげる……』

耳元で囁かれる淫らな睦言《むつごと》。

恥ずかしいと言っても、彼はやめてくれない。

その舌で手のひらを舐められるだけでもユーニスは甘い喘ぎを上げてしまう。

絵筆で背筋を撫でられると、身体の中心が熱を持ち、全身を愛撫されるうちに何度でも達してしまう。

リオンはいつもそんなユーニスを自らの雄芯で貫き、さらなる快楽に導こうとする。

彼自身も何度も上り詰めるほど、激しく身体を求めてきた。

だが、それは一週間前までの話だ。

今の彼はユーニスにくたくたになるほど絶頂を与えるだけで、なぜか抱こうとしない。指一本動かせないほど疲れ果てた身体を抱き締めると、安心した様子で眠ってしまうのだ。

——もしかして、身体のどこかが悪いのかしら……。

眉を寄せて考え込むが、特に食欲がないわけでもなく顔色が悪いということもない。

ユーニスに触れるときの彼の眼差しは熱に浮かされたようで、今までとなんら変わりがないように思える。それどころか、愛撫の途中にこっそり彼の下半身に目を移すと、その身体はしっかり反応をしていた。

ならば、どうしてそれ以上しないのだろう。

自分だけが達して終わりだなんて、なんだか虚しい。

最後までしてほしいと何度も口から出かかったが、ふしだらな女だと思われるのではと躊躇って、自分からは言い出せずにいた。

「何かしてしまったわけではないと思うのだけど……」

思い返してみても、自分たちの間にこれといったいざこざはない。

リオンとは一度も喧嘩をしたことがなく、小さな言い合いになったことさえないのだ。

遠慮し合っているわけではないのだが、彼といると微笑ましく思うことが多く、ユーニスはいつも穏やかな気持ちでいられた。

「そういえば、一週間前って」

ユーニスはふと、自分がいつも座るソファに目を向けた。

一週間前といえば、カミユをアトリエから追い出したときだったかもしれない。

リオンの絵を下手だなんて言うから、ものすごく腹が立って自分でもびっくりするくらい大きな声を出してしまった。

よくよく考えてみると、あの日からリオンは最後までしなくなったのだ。

――もしかして、私のことを怖がっているんじゃゃ……。

そんなに怖い顔をしていたのだろうか。

ユーニスはいてもたってもいられず、アトリエをウロウロし始める。

あのとき、リオンはどんな様子だっただろう。

少なくとも怯《おび》えてはいなかったように思う。

声を荒らげた理由も説明したし、ユーニスがリオンの絵が好きだと言ったとき、彼は嬉しそうに抱き締めてくれたのだ。

「それに、どうでもいい相手に贈り物なんてしないわ」

リオンは相変わらずカーラを介してユーニスに下着を贈ってくる。

四か月も続けば、カーラもさすがにこのやり取りに慣れたようで、今では赤面することなく下着が入った包みを手渡してくる。ユーニスもそれを当たり前に受け取るようになっていた。

少し気になる点があるとすれば、その下着が少しずつ際どくなっていることだが、別にリオン以外の誰に見せるわけでもないのだからたいした問題でもない。

きっと、リオンはこういうものが好きなのだろう。

そう思うことにしたら、さほど抵抗を感じることなく彼の趣向を受け入れられるようになっていた。

ユーニスは立ち止まり、描きかけのキャンバスを見つめる。

優しく微笑む自分は前よりキラキラしていて、彼にどう思われているかなど考えるまでもない。

もういっそのこと、直接理由を聞いてしまおうか。

恥ずかしがっていないで、最後までしてほしいとお願いするべきかもしれない。リオンはそんなことで自分を軽蔑するような人ではないはずだ。

「リオン…、まだかしら……」

ユーニスは胸に手を当て、扉に目を移す。

約束の時間にはまだ早い。

昼食後、リオンは書類にサインするだけだからと言って執務室に向かったが、すぐには終わらないことは知っている。

のんびりしているようだが、彼はとても真面目だ。

いつだったか、カーラが言っていた。

リオンが家を継いで一番喜んでいるのは家令のアルフレッドではないかと。以前は眉間に皺を寄せていることが多かったのに、最近は笑顔でいることが増えたというのだ。執務室に向かうときも、見違えるほど足取りが軽そうだと言っていた。

ユーニスはそれを聞いたとき、自分のことのように嬉しかった。

リオンは当主としての役目をしっかりこなしている。それをわかってくれる人が傍にいることが喜ばしかった。

そもそも、リオンは幼い頃から優秀だったという話だ。

使用人の中にはカミユに勝るとも劣らないと言う者もいるくらいなのだから、リオンに対する両親の評価が低すぎるだけなのだろう。

いまだ感じるリオンと彼の両親の溝。

カミユが戻って、それが一層はっきりしたように思えてならない。

ユーニスはキャンバスにそっと手を伸ばし、唇を噛みしめる。

彼のためになんの役にも立てていない自分が情けなかった。

「――あれ？　今日は一人？」

「……ッ!?」

そのとき、不意に声をかけられ、びくっと肩を震わせる。

驚いて振り向くと、扉からカミユが顔を覗かせていた。

声が似ているから一瞬リオンかと思ってしまった。

いつ入ってきたのだろう。

考えごとに夢中になって、足音にも気づかなかった。

「あ…の…、リオンは執務室に……」

「そう」

カミユは頷き、こちらに近づいてくる。

ここで待っていればリオンが来ると思ってのことだろうか。

カミユはいつもふらっとやってきては、たわいない話をするだけだ。今日も特に用があるわけではないのだろう。ユーニスが声を荒らげた翌日もけろっとした様子でアトリエに現れたところをみると、あまり細かなことは気にしない人のようだった。

けれど、ここには今、ユーニスしかいないのだ。

それがわかっていながら、平気で入ってくるカミユに微かな警戒心を抱いてしまう。

いつもはリオンが一緒だったからいいが、元婚約者と二人きりという状況はできれば避けたい。こんなところを誰かに見られたら無用な誤解をされてしまうのではと考えただけで落ち着かなかった。

「リオンの絵を見てたんだ？」

「えぇ…」

言いながら、カミユはユーニスの隣に立つ。

しばしキャンバスを見つめ、ふっと口元を緩めてこちらに目を移した。

「……物にはいろんな見方がある、だっけ？」

「あ…、あれは……」

「まぁ、確かに個性的だね。僕には子供が描いたような絵に見えるけど」

「な…っ！」

「だって、本当はもっと上手に描けるのを知っているからさ。わざと下手に描いているのかと思ったほどだよ。君も、本当はそう思ってるんじゃないの？」

「そんなこと思っていません」

「そう？」

なんだか嫌な言い方だ。

むっとしていると、カミユはくすっと笑って顔を覗き込んできた。

「……やっ！」

息がかかりそうな距離に目を丸くして、ユーニスは慌てて後ずさる。

カミユは普段からリオンがいても気にせずユーニスの隣に座ることがあるから、元々人との距離が近い人なのだろうとは思っていた。

だが、たとえそうだとしても、ここまで近づくのはやめてほしかった。

「あの…、こういうのはちょっと…――」

「本当、羨ましい限りだよ」

「……え？」

「リオンは小さな頃から好きなことだけして過ごしていた。それが、僕の目にはどれほど羨ましく映ったことか……」

カミユはため息交じりに呟き、再びキャンバスに目を向ける。

リオンが羨ましい？

好きなことだけして過ごしていた？

本気でそんなことを言っているのだろうか。

眉を寄せてその横顔を見上げると、カミユは煩わしそうに髪を掻き上げ浅く笑った。

「もちろん、いつも放っておかれてかわいそうだとも思っていたけどね」

そう言って肩を竦め、彼はユーニスに視線を戻す。

――何が言いたいの？

両親や周囲からの期待が辛かったとでも言いたいのだろうか。

だからなんの期待も背負わずにいるリオンが羨ましかったと……？

リオンが放っておかれていたのをかわいそうだと言いながら、その瞳からは少しの憐れみさえ感じられない。

　ところが、その直後、

「ユーニス、だけど、今の僕が何よりも羨ましく思うのは……ッ」

「あ…っ!?」

　カミユはいきなりユーニスの手首を掴む。

　驚いて声を上げるが、突然のことで振りほどくことも思いつかない。

　すると、カミユはなんの迷いもなくユーニスを引き寄せ、強い力で抱き締めてきたのだった。

「な…、なに……っ」

「僕は…っ、これまで一度も君と会う機会を設けてくれなかった両親が許せない……ッ。相手が君のような人だと知っていれば駆け落ちなどしなかった……っ!」

「……ッ!?」

「僕たちは結ばれる運命だったのに、どうしてこんなことに……っ」

　耳元で切なげに訴える低い声。

　傍で聞くと、一層リオンと声が似ているように感じて錯覚《さっかく》しそうになる。

　だが、リオンの胸のほうが広くて背も高い。

　ほのかに漂う香水の匂いにもハッとして、リオンはそういうものはつけないと、その腕の中で慌ててもがいた。

「いやっ、離してください……っ」

「ユーニス…、愚かな僕を許してほしい」

カミユは耳元で囁き、ユーニスを抱き上げる。

急に身体が浮いて戸惑いの声を上げたが、ソファに向かおうとしていると気づいて息を呑む。

そんなところで何をしようというのか。

話をするためだなんて、楽観的には捉えられない。

嫌な予感にユーニスは必死に身を捩るが、カミユの腕から逃れることはできず、呆気なくソファに押し倒されてしまった。

「きゃあ…っ！」

「ユーニス…」

のしかかる重い身体。

押し返そうとしてもびくともしない。

「そんな、どうして……？」

「大丈夫だよ。このことは誰にも言わない」

「や…、いやです…ッ、いやです……っ！」

唇が触れそうなほどの距離でカミユは甘く囁く。

何度も首を横に振ったが、彼は構わずユーニスの背に腕を回す。どんなに嫌がっても、慣れた手つきで服のボタンを外されて見る間に肌が空気に晒されていった。

「なんて綺麗な肌だ……」

肩があらわになると、カミユはうっとりと首筋に顔を寄せる。

生温かい感触にびくつき、ユーニスは激しく混乱しながら身を捩った。

どうしてこんなことをされているのだろう。

彼は恋人と駆け落ちしたのではなかったか？

その人が好きで家を捨てたのに、無理やり引き裂かれたことを憤っていたのではなかったか？

それなのにリオンが羨ましいとため息をつき、自分がいかに重責を担わされてきたかを言外に滲ませ、あまつさえユーニスと会う機会さえあれば駆け落ちはしなかったなどと言う。

――だったら、なんのために二年も逃げていたのよ……。

これでは家を継ぐのが嫌で駆け落ちしたのではと勘ぐってしまいそうになる。

貴族として生まれたからには家のために受け入れなければならないことがあり、それはカミユに限った話ではない。

好きな人と一緒になれないことは悲劇ではあるが、自分の意志を通すために周りにどれほど迷惑をかけたのか、どれだけリオンに負担をかけたのか、カミユはわかっているのだろうか。

「あなたには好きな女性がいるのでしょう…ッ!?」

肌を這う舌の感触に怖気《おぞけ》が走る。

それでも、ユーニスは懸命に訴えた。

カミユが連れ戻されて、まだ一か月しか経っていない。

二年も一緒にいた恋人を簡単に忘れられるわけがない。すべては気の迷いだと思いたかった。

「……どうだったのかな。はじめのうちはよかったんだけど」

「え……」

「思えば、ここ何か月かは顔を見れば喧嘩ばかりだった。追っ手を警戒して自由に出歩くこともできない生活に、互いに嫌気が差し始めていた頃だったのかもしれない。彼女と駆け落ちして何を得たんだろうって、その頃は毎日のように考えていたな……」

「そ……んな……っ」

何を得たって……。

今になってそんなことを言うなんて薄情だ。

なんの覚悟もなく家を捨てたくせに、この状況で相手を切り捨てるようなことを言う彼をユーニスは心底見損なった。

「どう思われようと構わない。これが僕の本心ってだけ。……広間で君を初めて見たとき、駆け落ちを後悔したことも、僕の本心だよ」

「……っ」

愕然とするユーニスを見下ろし、カミユは皮肉な笑いを浮かべる。

この人の本心なんて聞きたくもない。

ユーニスはふいっと顔を背け、彼の胸を押し返してできる限りの抵抗を見せた。

しかし、カミユはそれに目を細めると、ユーニスの顎を摑んで強引に自分に向けさせ、無理やり唇を奪ったのだった。

「や…、んぅ――…っ！」

角度を変え、何度も押しつけられる唇。

顎を摑まれているせいで、もがいても碌《ろく》に抵抗できない。

けれど、この人にだけは思うままにされたくない。

なんとか逃れなければと身を捩ると、ユーニスの両手は彼の右手で頭の上に拘束されてしまう。それでも必死にもがき、カミユから逃れようとした。

「んんぅー…ッ」

だが、次の瞬間、口の中にぬめっとしたものが差し込まれる。

幾度となくリオンと交わした行為だ。舌を入れられたことはすぐにわかったが、好きでもない人としても、ただただ気持ちが悪いだけだった。

とても堪えられない。

ユーニスは無我夢中でその舌に噛みついた。

「――う…ッ!?」

直後、微かな呻きが漏れ、唇が離れる。

数秒ほど沈黙が続き、カミユは驚いた様子でユーニスを見下ろしていたが、くっと喉を鳴らすと、愉しげに笑みを浮かべた。

「いいね…、気が強い女は好きだよ。ますます君に興味が湧いた」

「……やめ…っ、やめて……」

「大丈夫、僕のほうがずっとうまい。リオンでは満足させてもらえないだろう？」

「な…ッ、あぁっ、やめ…ッ！」

カミユは本気でユーニスを抱く気でいるようだった。

リオンを貶《おとし》めるようなことを言われて腹が立ったが、言い返そうとしたときには拘束した両手を腹部で固定されて、はだけた服を強く引っ張られていた。

だが、途中まで引きずり下ろしたものの、その下にはシュミーズを着ている。

薄い生地では乳房の形をごまかせないものの、直接見るにはそれを脱がすために拘束した手を放さねばならない。

息をするたびに上下する双丘を見て彼はうっすら笑みを浮かべたが、脱がすのは後回しにしようと思ったのだろう。ユーニスの両手を再び頭の上で拘束すると、今度はふくらはぎに手を這わせた。

「良い身体をしている。最初に触れるのが僕でなかったのが残念でならないな……」

「やめて…ッ、これ以上は……お願いですから……っ！」

懸命に言い募るが、カミユは構うことなくスカートの裾を捲った。

脚の間に身体を割り込まれているせいで、もがいているうちに膝上まで捲れてしまって見る間に太股があらわになっていく。カミユはその白く細い脚にごくっと喉を鳴らすと、興奮した眼差しで一気に腰まで捲り上げた。

「……っは……、これは驚いた……」

「……、……え？」

「まさか、君がこんなに大胆だったなんて……。肌が透けているじゃないか。こんなに淫らな下着は初めて見たよ」

「あ…ッ、こ、これは……っ」

「人は見かけによらないものだね。これでリオンを誘っていたんだ？　こんないやらしい下着を穿いて、君はどんなふうにあいつを誘うの？」

「ちが…っ」

「何が違うというの？」

「こっ、これはリオンに……」

「……リオン？　へぇ、ますます驚いたな……。これってあいつの趣味なんだ？　なら、君はそれに付き合ってあげてるんだ？　夫となった男にはとても従順なんだね」

「そ…、それは……」

カミユは愉しそうに笑い、ユーニスの下肢に手を伸ばす。

脚の付け根部分の薄いレースを引っ張り、微かに透けて見える肌に目を細める。

リオン以外は誰も見ないのだからと完全に油断していたから、言葉が見つからない。

彼からの贈り物は日を追うごとに際どくなって戸惑うこともあったが、リオンが喜ぶならと思って、ほとんど抵抗もなく穿いていたのは事実だった。

「あっ!?　やめて…ッ！」

そんな様子をカミユは笑い、腰紐を引っ張る。

呆気なくするすると解けていく様子に目を見開き、ユーニスは激しくもがいた。

ところが、そのとき、

「うわ…ッ!?」

突如、カミユが悲鳴に似た声を上げる。

すぐ近くで鳥の羽ばたきのような音が聞こえ、ハッと見上げると、視界に金色の大きな瞳が映った。

「なん…ッ、やめ…っ、うわっ⁉」

カミユの頭に執拗に飛びかかる大きな鳥。

フクロウのポポだ。

驚くことに、ポポはユーニスを助けるような行動を取っていた。

「——ポポ、そこまでだ」

しかし、そのすぐあとに、羽ばたきの音に交じって部屋に声が響く。

途端にポポはカミユから離れる。

それ以上は攻撃することなく近くの棚に飛び移り、何度か羽をばたつかせてから大人しくなった。

まるで言葉が通じ合っているみたいだ。

ユーニスはその様子に目を見張り、扉のほうに目を移す。

声の主はリオンだった。

彼は扉の前に佇んだまま、こちらをじっと見ている。

その感情の見えない眼差しからユーニスは目を離すことができなかったが、ふと、自分の両手が自由になっていることに気づく。

見ればカミユは自身の頭を抱えていた。己の身を守るために拘束が解かれたのだとわかり、ユーニスは急いで起き上がった。

「……兄上、これはどういうこと？」

程なくして、リオンがカミユに問いかけた。

アトリエは水を打ったような静けさに包まれていたが、弟からの問いにカミユは大きく息をついて顔を上げた。

「……リオン…か」

カミユは突然の襲撃にかなり動揺していたようだ。

そこでようやくリオンの存在に気づいたらしく、小さく舌打ちをすると、棚に目を移してポポを警戒しながら立ち上がり、乱れたジャケットの襟《えり》を正してまっすぐリオンのほうに向かう。

悪びれる様子がまったくないように見えるのはなぜだろう。

眉をひそめていると、カミユはリオンの横で立ち止まり、平然と言い放った。

「彼女に誘われたんだよ。リオンが来る前なら二人きりになれるって……。彼女、僕のことが好きみたいだ」

リオンは目を見開き、カミユに顔を向ける。

するとカミユは小さく頷いて微笑を浮かべ、ユーニスのほうに目を移す。

ユーニスが驚愕で言葉を失っていると、彼は不敵な笑みを浮かべてリオンの肩をぽんっと叩いた。

「今日は戻るよ」

耳元でそう囁き、カミユは悠然とした足取りでアトリエから姿を消す。

次第に遠ざかる靴音。

廊下の向こうから扉が閉まる音が小さく響く。

それと共にユーニスは全身から血の気が引いていくのを感じ、がくがくと身を震わせてリオンに訴えた。

「ちが…、違います…ッ、誘ってなんて…ッ、そんなこと……っ」

そんなことはしていない。

自分はリオンをここで待っていただけだ。

きちんと説明して嘘だとわかってもらわなければならないのに、頭の中が激しく混乱して碌に言葉が出てこない。ユーニスはソファから立ち上がることもできず、違う違うと何度も首を横に振っていた。

リオンは怒ることも咎めることもしない。

ただ黙ってユーニスを見ていたが、やがてこちらに向かって歩き出す。

「ほっ、本当です……ッ！　私…、誘ってなんて……ッ」

ユーニスは何度も首を横に振る。

無言のままソファの前で立ち止まるリオンを見上げ、必死で繰り返した。

「……ユーニス」

「信じてくださ――…」

「馬鹿だね、どうして僕が君を疑うの？」

「え…」

彼はその場に膝をつき、ユーニスに手を伸ばす。

一瞬びくついたが、リオンの目はとても優しい。

そのことに少し安心していると、彼はユーニスの手を取り、ガチガチに固まった指を一本ずつ揉みほぐしていく。

無駄に入った力が徐々に抜けていったところで、彼は自分の頬にユーニスの手のひらを押し当てた。

「抱き締めていい……？」

「……は、い…」

小さく頷くと、リオンの腕が背に回される。

彼は床に膝をついたままでユーニスを優しく抱き寄せ、耳たぶにそっと口づけながら囁いた。

「キス…、してもいい……？」

「……ッ、そ…、それは……」

「……いやなの？」

「いやじゃ……ッ」

「だったら、してもいい？」

リオンは間近でユーニスを見つめる。

まっすぐな眼差しが苦しくて思わず目を逸らす。

彼とのキスが嫌なわけがない。

けれど、今の自分はとても汚い。

カミユに無理やり口づけられた瞬間が脳裏を過り、ユーニスは咄嗟に自分の口を押さえた。

「ごめんなさい…ッ、ごめんなさい……っ！」

「どうして謝るの？」

「キス…できません……、できないんです……ッ」

「……どうして？」

「ごめんなさい…っ、ごめんなさい……ッ」

ユーニスは何度も首を横に振って涙を流す。

他の男に口づけられただなんて、そんなことを知られればリオンに嫌われてしまう。

だが、こんな状況で謝罪だけを繰り返して不審に思わないわけがない。

彼は眉を寄せ、ユーニスの手を摑んで強引に口から離すと、代わりに自身の唇を強く押し当ててきた。

「ん…ぅ…、う……」

「……ユーニス、口を開けて」

「……ッ」

「ね、僕を中に入れて？」

「……ぁ、……ん…う」

おそらく彼も勘づいたのだろう。

固く閉ざした唇をぺろっと舐められて、反射的に開けると、リオンの舌が差し込まれる。

すぐさま歯列をなぞられ、彼は上顎を舌先で突いたあと、戸惑う舌の上を何度も舐めてきた。

「ん…っ、ん…う」

リオンの口づけに、ユーニスの身体は少しずつ弛緩していく。

カミユにされたときは気持ちが悪くて仕方なかったのに、相手がリオンだとまったく違う。

　唇の形も舌の動きもすっかり覚えてしまって、自然と舌を差し出してしまう。ユーニスはぽろぽろと涙を零しながらリオンと舌を絡め合い、彼の胸にしがみついた。

「他には…、何をされたの？」

「……あ…」

「押し倒されて、どこを触られた？」

「それ…は……」

「ユーニス、教えて？　僕が綺麗にしてあげる。兄上が触れたところ、全部舐め取って綺麗にしてあげるから」

「ん…っ」

「ね…、だから言って？」

　唇をぺろっと舐め、金色の瞳がまっすぐユーニスを射貫く。

　彼は何一つ責める言葉を言わないが、瞳の奥には強い嫉妬《しっと》の炎を宿していた。

　ユーニスはこくっと喉を鳴らし、おずおずと頷く。

　躊躇う気持ちはあったが、身体に残る不快な感覚も嫌な記憶も、リオンがすべてを綺麗に拭ってくれる気がした。

「……手首を摑まれて」

「うん…」

「……んッ、首筋に……舌が……」

「……うん」

「あ…ッ、ン……ッ」

リオンはユーニスが答えると同時に、その場所に舌を這わす。

慰めるように手首も首筋も丁寧に舐められ、時に食むような動きで軽く歯を立てられた。

熱い息が肌にかかり、思わず声が出てしまう。

身を捩ると、彼ははだけた服を軽く引っ張り、シュミーズの上からユーニスの乳房に手のひらを押し当てた。

「ココは…？」

「ん…、そこ…は…、何も……」

「本当に？」

「ふ…ぁッ、シュミーズ…を、着ていたから……っ。片手で脱がすのは……、面倒だったのかも……しれません……」

「……そう」

彼の手の熱さが肌に伝わり、ユーニスの息が上がっていく。

途切れ途切れに答えると、リオンは掠れた声で頷き、尖って主張し始めた頂を指先で弾《はじ》いた。

「あぁ…っく…」

何もされていないと言っているのに、彼は指の腹で乳首を弄ぶ。

甘い喘ぎを漏らすと、反対の乳房に舌を伸ばした。

唾液で濡れたシュミーズが肌に張りつくほど、執拗なまでに舌で頂を転がされ、程なくして『他には何をされたの？』と言いたげな眼差しで見つめられた。

「はッ…ン…」

「ユーニス」

「…っは、あぅ……、ふくらはぎ…を、撫でられました……」

「それから？」

「スカートを捲られて……」

「……あぁ、……それは知ってる。……なら、僕が見たのはそこからだね。ちょうど、アトリエに足を踏み入れたときに見た……」

言われてみれば、そうだったかもしれない。

さまざまなことが起こりすぎて記憶が混乱しかけていたが、ポポが飛びかかってきたのは、スカートを捲られて薄い下着を見られたあとだった。

あんなところをいきなり目にして、彼はどう思っただろう。

不安な気持ちが頭をもたげてきて、ユーニスはリオンの首にしがみついた。

「わ…っ、私…ッ、本当に誘ってなんて……っ」

「ユーニス……」

「私…、カミユさまのこと、なんとも思ってません……ッ」

「ユーニス、僕は……」

彼に信じてもらえなかったらと思うと怖くて堪らない。

この数か月で築いた関係を絶対に壊したくない。

「本当です…ッ。本当なんです……ッ、あなた以外の誰かと関係を結ぼうなんて、一瞬でも思ったことは…──」

しかし、涙を零して訴えている途中で言葉が途切れた。

リオンが自身の唇でユーニスの口を塞いだからだった。

「ふ…、う……ンン」

かぶりつくように口づけられ、強引に舌を搦め捕られて息ができない。

ユーニスは小さくもがいたが、強く掻き抱かれ、なおも激しく口の奥まで貪られた。

「ン…ッ、んぅぅ…ッ」

「……僕の……なのに……ッ！」

「……ッ、あぅ……」

角度を変えて口づけながら、リオンは苦しげに息をつく。

熱い息が唇にかかり、ユーニスが喘ぎを漏らすと、彼は滑らかな脚の感触を手のひらで確かめてから内股をくすぐった。

反射的に脚が開き、彼はその間に身体を割り込ませる。

同時に中心を指で擦られ、びくびくと身体が波打った。

「んッ、ああ…ッ、んんぅ」

ユーニスは彼のジャケットの襟を握り締めて切なく喘ぐ。

一瞬唇が離れたが、すぐに塞がれてくぐもった声に変わった。

だが、続けて何度も下着の上から秘部を擦られて身悶えているうちに唇が離され、代わりに淫らな喘ぎが部屋に響きだす。

「あっあっ、ん…ッ、あ、あ……っ」

「ユーニス……」

「あっ、ああっ」

「大丈夫だよ。僕は君を疑ってなどいない……」

「……ッ、リオ…ン…ッ」

「君のココ…、僕が触れた途端に蜜がたくさん溢れてきたよ。淫らに僕を誘ってる。僕が触れたからだって、そう思っていいんだよね？」

「っは…、ん、……ぁ…、あぁ…っ」

ユーニスは声を上げながら何度も頷く。

耳を塞ぎたくなるような恥ずかしさだったが、これで信じてくれるなら構わない。

他の誰にもこんな反応などしない。

こんなふうにいやらしく濡れてしまうのはリオンだからだ。

「ユーニス、かわいい……」

「……ん」

彼はホッとしたように息をつき、喘ぐ唇に甘く口づける。

今度は触れるだけで、ため息が出るほどの優しい口づけだった。

「このまま、最後までイかせてあげる……」

「あぁあ…ッ」

リオンは囁き、ドロワーズの裾から指を差し込み、直接秘所に触れてくる。

彼のくれた下着は脚の付け根までしか布がなく、裾の部分はレースになっているから簡単にそんなことができてしまう。

リオンはしとどに濡れた秘部をわざと淫らな音を立てて擦りあげる。そうすると、蜜はますます溢れ出し、下着越しに聞こえる卑猥な水音に全身が羞恥で熱くなった。

ユーニスの反応に、彼はくすりと笑う。

その動きのまま中指と薬指をひくつく中心にゆっくりと差し込んだ。

「あっあぁ…っ」

「……君のナカ……、すごく気持ちいい……」

「あっ、ああっ、あっあっ」

指を入れているだけなのに、彼はそう言って息をつく。

蠢く内壁を指の腹で確かめ、ユーニスが敏感に反応してしまう場所を突き止めると、そこばかりを擦りながら指を出し入れし始めた。

一層溢れ出す蜜。

指が動くたびにいやらしい音が大きくなっていく。

けれど、本当はこれでは足りない。

指などではなく、彼の熱で上り詰めたかった。

「あんっあんっ、あっ、ああっ」

そう思うのに口に出せない。

今は触れてもらえるだけで充分なのだと言い聞かせ、その首に抱きつき甘い喘ぎを上げた。

「僕の指、気持ちいい？」

「あっあっ、ああっ」

「……奥のほう、すごくうねってる。今日はいつもより感じてる？　指を入れたばかりなのに達してしまいそう」

「あ、んんッ、リオン、リオ…ン…ッ！」

「ん…、いいよ。いつでもイってごらん。最後まで見っててあげる」

「あ、あぁっ！　あぁあ…っ！」

リオンは耳元で囁き、指の動きを速める。

ぐちゅぐちゅとさらに激しい水音が立ち、ユーニスは無意識のうちに腰を揺らめかせ、彼を求めて締め付けてしまう。リオンの口に自分の唇を押しつけ、襲い来る快感の波にぶるぶると身を震わせた。

「……んんっ、んんっ、あぁあ…ッ」

間近にある熱を孕んだ眼差し。

──こんな目をするのに、どうして最後までしてくれないの？

切ない想いで身を焦がし、涙を零して喘ぐ。

それでも彼の与える快感に逆らうことはできない。

内壁のひくつきが一段と大きくなると、リオンは中に入れた指をぐるっとかき回し、一層激しく動かした。

「ひぁう…、あ、あ…ッ」

目の前がチカチカして、ユーニスは唇を震わせる。

その唇を今度は彼が塞いで苦しいほどに貪られ、腰を引き寄せられた。

そうすると、奥のほうを指が掠めてさらなる快感を引き出されてしまう。

ユーニスは完全に逃げ場を失う。がくんと身体を波打たせ、狂おしいほどの絶頂に突き上げられた。

「んんっ、っく…、あぁあ――…ッ！」

響き渡る嬌声。

指だけで簡単に果ててしまう淫らな身体。

リオンはその様子を食い入るように見つめ、小さな顎に舌を這わせて甘噛みをする。

ただそれだけで身体は敏感に反応し、びくびくとお腹の奥が震えてしまう。

ややあって、断続的な痙攣が起こり、奥を擦り続ける指を締め付けると、彼はなぜか安心した様子で息をついてユーニスの頬に口づけた。

「…っは、あ……っはあ、……は……」

「ユーニス…、ちゃんとイけた？」

「あ…っん。……っは、あぁ……う……」

甘く囁かれ、うっとりしながらユーニスは頷く。

彼は嬉しそうに目を細めて頷き、唇に口づけを落とすと、ゆっくり指を引き抜いた。

自分の蜜が彼の手のひらまで濡らしているのに気づき、ユーニスは顔を赤らめる。

リオンはくすっと笑ってその指を口に含んだあと、ユーニスの下腹部に顔を寄せ、ドロワーズの紐を唇で軽く引っ張った。

「……ん」

だが、軽く引っ張るだけで彼は紐を解こうとはしない。

肩で息をしながらその様子を窺っていると、リオンは紐を放して顔を上げ、少し哀しそうに笑った。

「僕は人より鈍感みたいだから、言われないとわからないことが多いんだ」

「え…？」

「……気が進まないことを受け入れなくてもよかったのに……」

彼はなんの話をしているのだろう。

ユーニスは小さく頷きながらも、きょとんと首を傾げる。

リオンは「なんでもない…」と微笑むと、ユーニスのはだけた服を整え、背中のボタンも留め直してくれた。

その後、彼はユーニスの隣に座り、しばらく何を話すでもなく肩を寄せ合っていた。

先ほどの言葉が引っかかってはいたが、安心できる温もりにユーニスは次第にウトウトとし始める。彼が少しも責めずにいてくれたことに胸を撫で下ろし、気づいたときには肩を抱かれた状態ですっかり寝入っていた。

――だが、このときの彼の言葉の意味を、ユーニスは翌日になって知ることとなる。

毎日のように届いていたリオンからの贈り物。

それが、なんの前触れもなく途絶えたのだ。

『へぇ、ますます驚いたな……。これってあいつの趣味なんだ？　なら、君はそれに付き合ってあげてるんだ？』

頭を過るカミユの言葉。

リオンはあのときの会話を聞いていたのかもしれない。

否定しないユーニスを見て、気が進まないのに無理に受け入れていたと思ったのかもしれなかった。

不思議がるカーラを横目に、ユーニスはただ青ざめるしかなかった――。

第六章

――一週間後。

ここ数日はどんよりとした空模様で、自分の心を表すかのような天候が続いていた。

今日もリオンは朝から執務室に行ってしまい、戻ってくるのは昼頃になる。

それまでの間、ユーニスは部屋で一人彼を待って過ごすつもりでいた。

最近は天候がよくないので裏庭にある温室に行けない日も多く、日中はこうして部屋に閉じこもっていることが増えた。一人のときにカミユと鉢合わせしたらと思うと、気軽にアトリエに行くこともできなかった。

リオンは、なんの変化もないように見えた。

アトリエでの一件があったあとも、彼はカミユにまったく怒りを向けなかった。それをいいことに、カミユは食事中にさり気なくユーニスに笑いかけてくることがあったが、下手に反応すれば向こうの思うままだと、気づかないふりをしてなんとかやり過ごしていた。

ユーニスへの接し方も、リオンはこれまでと変わらない。

途絶えた贈り物のことにも、一切触れようとしない。

キスもするし、夜になればユーニスの身体に触れたがる。彼の舌や指先で何度も絶頂に導かれ、時にはアトリエから持ってきた絵筆で執拗に身体を弄ばれることもあった。

その間、リオンの身体は明らかに欲情していたが、目の前で何度も達するユーニスを食い入るように見つめるだけで、一度も身体を繋げようとしなかった。

「……はぁ…」

ユーニスは窓辺に向かい、深いため息をつく。

――こんなのは絶対におかしい……。

一見変わりのない日々だからこそ、余計に不安になる。

本心では他の男に触れられたことを嫌悪しているのではないか。

カミユを誘ったのではないかと、心のどこかで疑っているのではないか。

聞きたいことはたくさんあるのに、いざリオンを目の前にすると、知るのが怖くなってなかなか口に出せない自分が嫌だった。

――コン、コン。

不意にノックの音がして、ユーニスはハッと我に返る。

リオンが戻ってきたのではと扉に駆け寄ったが、部屋に入ってきたのは侍女のカーラだった。

「ユーニスさま、大旦那さまがお呼びです」

「お義父さまが……？」

「えぇ、広間でお待ちしているとのことです。大奥さまもご一緒のようでした」

「……なんのお話かしら？」

朝食のときは何も言っていなかったのに、突然どうしたのだろう。

思い当たる節はなかったが、わざわざ呼んでいるのだから込み入った話かもしれない。

「わかりました。すぐに向かいます」

ならば、きっとリオンも呼ばれているだろう。

ユーニスはさほど深く考えることなく、そのまま部屋を出て行った。

❀　❀　❀

「――あぁ、ユーニス。突然呼び立てて悪かったね」

急ぎ向かった広間で、真っ先に声をかけてきたのは義父ブラウンだった。

ユーニスは軽く会釈をして部屋に足を踏み入れたが、ふと目にした光景にぴたりと動きを止めた。

「……え？」

隣り合ってソファに座る義父と義母。

それだけなら別になんとも思わなかったが、その向かい側にはなぜかカミュが座っていたのだ。

急に心細くなって部屋を見回す。

リオンはいつ来るのだろう。

動けずにいると、それに気づいたブラウンが急かすように手招きをした。

「どうしたんだね？　そんなところにいないで、早くこちらにおいで」

「は…、はい……」

そう言われたら行かないわけにはいかない。

密かな困惑を胸に、ユーニスは彼らの近くまで歩を進める。

空いている場所はカミュの隣しかなかったため、椅子を持って来ようかと考えていると、ブラウンが苦笑ぎみにソファを指差した。

「何を遠慮しているんだい？　カミュの隣に座ればいいじゃないか」

「……けれど、それではリオンの座る場所が」

「リオン？　いや、私が呼んだのはユーニスだけだが」

「え…？」

「さぁ、とにかく座りなさい」

「……は、……い……」

リオンは呼ばれていない。

なのに、自分だけがここに呼ばれた。

ユーニスはますます困惑したが、なおもブラウンに急かされ、気が進まないながらもカミユの横に座った。

やけに強い視線を左側から感じる。

カミユが見ていることは想像できたが、できるだけ目を合わせたくなかったので、ユーニスは前に座るブラウンとフローラだけを見ていた。

その様子にブラウンは苦笑を漏らす。

見ればフローラもくすくすと笑っていた。

「……？」

何がおかしいというのだろう。

場の空気に違和感を覚え、ユーニスは眉を寄せる。

すると、ブラウンは咳払いをし、一転して神妙な顔になった。

「話は聞いたよ」

「……話……？」

「まさかこの短期間でと驚いたが、こういうことに時間は関係ないのだろう。本来結ばれるはずだった二人だ。やはり惹かれ合うものなんだろうな……」

「そうね…。だけど、ユーニス。二人だけで苦しまないでほしいの。このことは私たちにも責任があると思っているのよ。あなたたちを幼い頃から引き合わせていればこんなことにはならなかった。そうすれば、カミユもあんな間違いを犯すことは……」

「……そうだな、そのとおりだ。何度かそういう話もあったのに、互いの時間が折り合わなかったことが本当に悔やまれる。無理をしてでも機会を作ってやるべきだった」

ブラウンはフローラの言葉に深く頷き、目を伏せて息をつく。

フローラは目を潤ませ、ユーニスとカミユを交互に見つめている。カミユが戻ってからまともに食事をとれるようになったからか、その顔は以前よりずいぶん血色がよくなっていた。

――二人はなんの話をしているの……？

耳を傾けていたつもりだが、理解が追いつかない。

ユーニスは顔を強ばらせながら、ドクドクと音を立てる自分の心臓の音を聞いていた。

今、彼らはなんと言っただろう。

『本来結ばれるはずだった二人』『惹かれ合う』といったブラウンの言葉が頭の中で何度も繰り返される。気のせいか、自分たちがただならぬ関係だと言われているようで、ユーニスは手にじわりと汗が滲むのを感じた。

まさかそんなわけがないと、隣に座るカミユに顔を向ける。

ずっとこちらを見ていたのか、すぐに目が合い、彼は真剣な顔で頷いてからブラウンたちに向き直った。

「父上、母上、どうかお許しください。これが決して許されないことだと、僕たちもわかっているんです。けれど、これ以上父上たちには隠していたくないんです……っ。他の女性と駆け落ちした僕を彼女は許してくれました。戻ったところで屋敷にも居づらくて、アトリエに足を運ぶ僕にユーニスは嫌な顔もせずに笑いかけてくれました。徐々に打ち解けていくうちに、僕は彼女を愛してしまったんです。……ユーニスも同じです。彼女も僕のことを愛していると言ってくれました」

「な…っ!?」

耳を疑うような内容にユーニスは目を剝いた。

カミユは一体何を言い出すのか。

さすがにこんな嘘には黙っていられず、ユーニスは立ち上がって抗議した。

「嘘です…ッ！」

「……ユーニス？」

「こんなの嘘です！　私はカミユさまのことを、そんな目で見たことはありません…ッ！　お義父さまもお義母さまも、どうしてこんな話を真に受けるのですか？　私はリオンを愛しているのです……ッ。彼以外を想うわけがないでしょう……っ！」

惹かれ合うも何もない。

本来結ばれるはずだったからなんだというのだ。

ユーニスはリオンと結婚してから、彼の妻でいるのを一度も嫌だと思ったことがない。

少し変わった人だとは思うし、考えが読めないところもある。

そのことに多少不安を感じることはあるが、彼はどんなときでも優しくしてくれた。

恥ずかしがって『愛してる』なんて言葉は簡単には言ってくれないけれど、その想いは充分伝わっている。そんな彼のことをユーニスも自然と好きになった。

カミユなど好きになるわけがない。

人の気持ちを無視して押し倒すような相手に、傾ける想いなどあるわけがなかった。

「ユーニス、いいんだ。もう隠さなくていいんだよ。父上と母上は僕たちのことを知っているんだ」

だが、カミユはすかさず背後からユーニスの肩を抱き、宥める振りをする。

「やっ、離してください…っ！」

「大丈夫だから、ね？　そんな演技はもういいんだよ」

「何を言って…ッ」

「もういいんだ。いいんだよ……」

耳元で甘く囁き、彼はあくまで演技だと見せかけようとする。

こんな馬鹿な話があっていいわけがない。

なおも抵抗するユーニスだったが、動きを封じるためか、カミユの胸に強引に抱き寄せられてしまった。

「あ……っ!?」

「父上、母上。わかってください。リオンの妻という立場でいる限り、ユーニスは父上たちの前では本当の気持ちを言えないんです。彼女の苦しみを、どうかわかってください……。お願いです。こんなこと……、他の誰にも相談できないんです……っ。どうか僕たちを助けてください……っ」

「カミユ……」

カミユは唇を震わせて訴える。

二人ははじめ、声を荒らげるユーニスに戸惑っていたようだった。

しかし、カミユの話を聞くうちに様子が変わり、いつしかブラウンは手で顔を覆って涙を隠し、フローラも零れる自身の涙をハンカチで拭っていた。

「おまえたちが、ここまで本気とは……。いや、悪いのはむしろ我々のほうなのだ。本当によく打ち明けてくれた。二人のためなら、どんな協力でもするつもりだよ」

「……何を」

「父上…っ！」

「あぁ、そうだな……。リオンと離婚する手続きを頼めそうな者に心当たりがある。手を回せば、元々この結婚がなかったことにできるかもしれない」

「本当ですか!?」

「少し時間をくれるか？」

「もちろんです」

同意などしていないのに、ユーニスを置いて話がどんどん進められていく。

ユーニスは言葉を失っていた。

こんな嘘を、彼らは本気で信じたというのか。

家を捨て、親を捨てた息子がそんなに大切だというのか。

代わりに家を継いだリオンを、どうしてここまで無視できるのか。

カミユの言葉だけに耳を傾けて、他のことは何一つ見ようとしない。

――この人たち、普通じゃない……。

あまりの異様さに、ユーニスは初めて彼らを心の底から嫌悪したが、その中に自分が取り込まれようとしていることに怖気が走る。

ユーニスは気力を振り絞って、その後も抵抗を試みた。

しかし、何を言ってもすべて『演技』で片付けられてしまい、強引に抱き寄せるカミユの腕からも逃れることができなかった。

❀　❀　❀

一方、リオンはユーニスの身に起こっていることなど知る由《よし》もなく、いつもどおり執務室で過ごしていた。

朝食後から黙々と書類に目を通し続け、すでに二時間は経っている。

家を継いだからには、できる限りのことはしたい。

そう思って、会いたいという者がいればなるべく都合をつけ、領内で問題があったと聞けば管轄《かんかつ》の長に手紙をしたためて反応を窺い、最善策を講じるように心がけてきた。

だが、こういったことをブラウンはほとんどしてこなかったらしく、手紙を送った相手には必ずといっていいほど驚かれた。

聞くところによると、ブラウンは会う者の選り好みが激しかったようだ。

その中でも位の高い僧や貴族と友好を深める傾向が強く、領地の人々から得た税収の多くは、元々裕福な者や自身の遊興費のためにほとんど消えていたようだった。

「……あとは、兄上の捜索費もなかなか」

「どうかされましたか？」

ぽつりと呟くと、傍にいたアルフレッドに問いかけられる。

なんとなく気になって、ここ数年の家の帳簿を彼に用意してもらったのだが、そこから透けて見えるものに、リオンは落胆に似た気持ちを覚えていた。

「いや…、兄上を捜すためにずいぶん手を尽くしていたんだなと……」

「そうですね。大旦那さまは金に糸目はつけないとおっしゃって、あらゆる手を尽くされていました。その成果なのか、ある日、何者かからカミユさまの居場所を報せる手紙が送られてきたようで」

「……へえ、それが兄上が見つかった経緯なんだ？」

「ええ。ただ、カミユさまを連れ戻したときの状況は、少し不思議なものだったと聞いております」

「不思議…って？」

「そのとき捜索に向かった者から聞いたところによると、お相手の女性がかなり取り乱していた一方で、カミユさまに逃げる素振りはまったくなかったと……。それなりの人数を向かわせたようですから、逃げ切れないと観念されたということなのでしょうけれど、ずいぶんあっさりしたご様子だったようです」

「……そう…なんだ」

アルフレッドの話に相づちを打つと、リオンは帳簿を閉じて机に置く。

背もたれに深く寄りかかり、ギッと椅子が軋む音を耳に窓の外に目を向けた。

――相手の女性は確か、侯爵家の一人娘だったたっけ……。

王族とは血縁関係にあり、婿養子として迎える予定の婚約者もいたと聞く。

それなりに名声のあるマクレガー家でも、足下にも及ばない大貴族の娘だ。

当然カミユとの関係が許されるわけもなく、聞きかじっただけのリオンにもそれは理解できる。だからこそ家を捨てて駆け落ちまでしたのだろうし、互いに愛し合っていたから想いを貫いたのだろう。

自分にはそういった相手がなく、そもそも人を好きになることがどんなものかもわからなかったから、駆け落ちする者の気持ちなど理解のしようがなかった。

けれど、今のリオンにはユーニスがいる。

だから自分に置き換えて想像することも、胸の痛みを知ることもできるが、追っ手に見つかったときのカミユの行動については理解ができない。

――好きな人と引き離されようとしているときに、兄上はどうして取り乱さずにいられたんだろう？

リオンは眉をひそめ、家に連れ戻されたときのカミユの様子を思い出す。

疲れ切った顔で広間のソファに腰掛け、これまでのことを問いただす両親に冷たい言葉を投げかけた姿に驚いたのをよく覚えている。

その後も、しばらくぼんやりしていることが多かったが、少しずつ笑顔を取り戻してアトリエでもユーニスと愉しげに話すのをリオンは毎日のように見ていた。

——そして、一週間前、兄上は突然ユーニスを押し倒した……。

しかし、リオンはあれをどう捉えるべきか、ずっとわからずにいる。

笑顔を取り戻したように見えても、恋人と引き離されて鬱々と過ごしていた中で、やけになってしまっただけかもしれない。本当は、ユーニスにしたことに強い怒りを覚えたが、大事にするのを彼女は望んでいないだろう。兄も傷ついているのだと言い聞かせ、今回だけはと無理やり腹に収めようとしていたのだ。

なのに、今のアルフレッドの話はなんだろう。

逃げる素振りもなかった、ずいぶんあっさりしていたと聞き、抑えていた感情が頭をもたげ始める。

まるでカミユのほうが一人だけ気持ちが冷めてしまったみたいだ。

居場所を報せる『何者か』からの手紙も、カミユ自身が出したのではないかと疑いたくなってしまう。

「兄上はそういう人だったかな……」

「え？」

「……なんでもない」

思わず口から零れた疑問。

誰に問いかけたわけでもなかったので、リオンは小さく首を横に振って目を閉じる。

自分の知っているカミユは、どんな男だったろう。

皆がいるところではほとんど話したことがないが、時々気まぐれのようにアトリエに来るから、ここに訪れる動物たちのようだと思うことはあった。

ただ、両親はカミユを優秀だといつも褒めていたから、きっとすごい人なのだろうと思っていた。自分はそんなことを誰にも言われたことがないから、比較にならないほど立派な人なのだろうと……。

要するに、皆の称賛を漠然と捉えていただけで、リオンはカミユのことをよく知らない。

それどころか、両親のこともよくわからない。

ユーニスに会うまで、リオンは人に興味を抱いたことがなかった。

――だけど、それではもうだめなのかもしれない……。

このままでは多くのものを見過ごして、大切なものさえ守れない気がした。

「あ…、そうだ」

リオンはふと思いついて顔を上げる。

机の引き出しから便せんを数枚取り出すと、すぐさま万年筆でサラサラと文字を走らせた。

「どなたかに、お手紙ですか？」

「すぐに書くから少し待っててくれる？」

「ええ、それは」

アルフレッドはそれ以上は口を噤《つぐ》み、リオンの動きを目で追いかけている。

それからしばし、部屋には万年筆を走らせる音と、外から聞こえる雨音が微かに響くだけだったが、リオンは書き終えた便せんを封筒に入れると、封蝋《ふうろう》を押してアルフレッドに渡した。

「なるべく早くこれを先方に届けてほしい」

「先方、というと……？」

「兄上が駆け落ちした娘の父親。イングラム侯……だったかな」

「……ッ！」

「まだ挨拶してなかったから、ちゃんとしておこうと思って」

「……挨拶、ですか」

「頼んだよ」

「……ッ、は…、承知しました…っ」

まっすぐ見上げると、アルフレッドは手紙を胸に抱いて姿勢を正す。

やけに大げさだなとくすりと笑い、リオンは柱時計を見て立ち上がった。

「じゃあ、今日はもう戻るけどいいよね」

「はい」

今日は訪問客もいないから、あとはずっとユーニスの傍にいられる。

リオンはアルフレッドと執務室を出ると、彼とはそこで別れてユーニスの待つ部屋に向かった。

長い廊下を歩いている途中、不意に見知った侍女の姿を目にする。

彼女はユーニスの傍付きで、確か名をカーラといったはずだ。一週間前までは彼女にユーニスへの贈り物を渡してもらうように頼んでいたが、今はやめてしまったのでほとんど話をする機会はなかった。

しかし、このときはなんとなくユーニスの居場所を確かめようという気になり、リオンはカーラのもとに足を向けた。

「ね、ちょっといい？」

「え？　あっ、リオンさま！」

「用事が終わったんだけど、ユーニスは部屋にいるかな？」

「……あ、いえ」

「いないの？」

「それが……、大旦那さまに呼ばれて広間のほうに……」

「父上に？　なんの話だろう……」

「それはわからないのですが、大奥さまもご一緒のようで……」

「母上も？」

「えぇ……」

ぎこちなく頷くカーラを見下ろし、リオンは眉を寄せた。

朝食のときに顔を合わせたのに、そのときに話せなかったのだろうか。

二人がわざわざ呼び出すことに違和感を覚え、むっつりと黙り込んでいると、カーラは言いづらそうに口を開いた。

「あの…、それから……」

「なに？」

「広間の前までユーニスさまに付き添っていたのですが……、扉を開けたときに一瞬だけ、カミユさまの姿を目にした気が……」

「……え？」

その瞬間、リオンは自分の顔が引きつるのを感じた。

酷い胸騒ぎがして、廊下の向こうに目を移す。

両親だけならまだしも、なぜカミユもいる場所にユーニスが呼ばれるのだ。

自分はその場に呼ばれていないのに、どうして彼女だけが……？

「教えてくれてありがとう」

「は…はい」

カーラに礼を言い、リオンはその場を足早に去る。

このまま黙って部屋に戻れるわけがない。

廊下をまっすぐ進み、逸る気持ちを抑えきれずに次第に駆け足になっていく。

やがていくつもの部屋の扉が並ぶ中で一際立派な扉が目に映った。

皆が集まっているという広間の扉だ。リオンはその前で立ち止まると、ノックもせずに思い切り扉を開け放った。

「ユーニス…ッ！」

部屋に足を踏み入れるなり、リオンは彼女の名を叫ぶ。

すると、ハッとした様子で皆が一斉にこちらに目を向け、父と母が驚いた様子でソファから立ち上がった。

カーラが言っていたとおり、広間にはカミユもいた。

その中にユーニスもいたが、一体どういうわけなのか、彼女はカミユに肩を抱かれている。しかし、よく見ると肘を立てて泣きそうな顔をしているので、嫌がっていることはそれとなく想像がついた。

「皆で集まって、なんの話し合いですか？」

「リオン…、こ…、これはその……っ」

問いかけに、両親は目を泳がせしどろもどろになっている。

一方でカミユには慌てた様子がない。ほとんど顔色を変えず、ユーニスの肩に腕を回したまま平然とこちらを見ていた。

リオンは急速に心が冷えていくのを感じながら、皆がいるほうに歩を進める。

この状況を目にして、好意的な解釈などできない。

自分を除いたこの話し合いが碌なものでないことは明らかだった。

「兄上、その手を放して」

「……あぁ、これは失礼」

カミユの前で立ち止まり、リオンは努めて冷静に話しかける。

今気づいたとばかりにカミユはユーニスを放す。その手の動きを目で追いながらリオンは彼女の手首を摑み、ぐっと自分に引き寄せた。

「あ…っ」

「君の場所はここだよ。僕から離れないで」

「……リオ…ン……」

耳元で囁くと、ユーニスは途端に涙を浮かべる。

ずいぶん酷い思いをしたようで、彼女の身体は微かに震えていた。

リオンはユーニスの背に腕を回し、白々しく肩を竦めるカミユを鋭く睨む。すると、カミユは一瞬肩をびくつかせ、さらに一歩離れてふいっと顔を背けた。

その不誠実な態度にリオンの心はますます冷えていった。

「リオン…、これは…だな……」

ずいぶん馬鹿にされたものだ。

言い訳を始めようとする父の言葉を遮り、リオンは口を開いた。

「もしかして、父上も母上も忘れてしまったのかな？」

「え？」

「僕にこの家を継げと言ったのは誰……？　彼女を僕の妻にすることも、あなたたちが決めたことでしょう？」

「――…ッ」

父と母を交互に見つめ、リオンは静かに問いかける。

二人の顔はみるみる青くなっていく。

彼らはこんなことも忘れてしまったのだろうか。

なんて愚かで忘れっぽい人たちなのだと、リオンは半ば呆れながら、なおも彼らに問いかけようとした。

「父…――」

「父上、母上、行きましょう」

だが、そこにカミユが強引に割り込んでくる。

カミユは素早く両親のもとに近づくと、母の肩を抱いて部屋を出るように促し、父にはにっこりと笑いかけた。

「今日はここまでにしましょう」

「カミユ…」

「さぁ、母上。父上も。また日を改めて……」

「……あ、あぁ、そう…だな」

「そ…そうね……」

ぎこちなく答える父の声。

母は自身の胸に手を当て、戸惑いを顔に浮かべながらも頷いている。

リオンは口を閉ざし、その様子を無言で目で追いかけた。

二人はカミユに言われてそそくさと歩き出し、部屋を出るまでこちらを振り向くことはなかった。

やがて扉が閉まる音が響き、ユーニスと二人きりになる。

彼女の身体はまだ震えていた。

リオンはその細い肩を抱き寄せ、慰めのつもりで彼女の額に唇を寄せた。

「リオン…ッ、リオン……ッ！」

すると、彼女は堰を切ったように声を上げ、泣きながらリオンにしがみつく。

こんなに動揺しているユーニスを見るのは初めてだ。

リオンは少しだけ力を込めて彼女を抱き締めた。

「大丈夫だよ。落ち着いて」

「わ…、私…、あなたと別れたくありません……ッ！」

「……別れる？」

「いやです…ッ、絶対にいやです…っ！　私はあなたの妻でいたいんです……っ！」

「……」

ユーニスは激しく取り乱し、必死で縋ってくる。

綺麗な顔をくしゃくしゃにして泣いていた。

――つまり、そういう話をしていたというわけか……。

リオンはすっと目を細めて唇を引き結ぶ。

碌でもない話し合いだろうとは思ったが、まさかカミユがそんなことを企てていたとは思わなかった。

カミユがどこまで望んでいるのかはわからないが、少なくともユーニスを奪い返そうとしているということだけは間違いない。

自分が捨てたものが弟のものになった途端、惜しくなったのだろうか。

こんな手を使ってまで取り戻したくなったのだろうか。

あの様子を見る限り、カミユが両親をそそのかしてこんな状況を作ったことは想像に難くない。

強く訴えれば両親も味方に付いてくれるだろう。

ユーニスとリオンを別れさせる手伝いをしてくれる。

彼女が従わざるを得ない状況にまで追い込んでしまえば自分のものにできる。

そんな、あまりにも幼稚な魂胆が透けて見えていたが、こんな手に簡単にのってしまう両親も両親だ。

こんな人たちが自分の両親なのか……。

知れば知るほど嫌悪感が募っていく。

今まで彼らをまともに見てこなかった自分は、ある意味正しかったのかもしれない。

「私…、そんなこと望んでいないのに、誰も話を聞いてくれなくて……っ」

「ユーニス、泣かないで」

「リオン…ッ、リオン……っ！」

「ん、大丈夫。もう大丈夫だから……」

泣いて縋るユーニスを、リオンはできるだけ優しく慰める。

「……あとはすべて僕に任せて」

彼女を傷つける者は、誰だろうと許さない。

リオンは、生まれて初めて感じる殺意に似た気持ちを胸に宿し、震える彼女を抱き締めていた——。

第七章

広間でのやり取りが頭から離れない。

カミユの言葉しか、彼らの耳には届かない。

この家では、カミユが言えばそれがすべて正しいことになってしまう。

誰一人としてユーニスの言葉に耳を傾けてくれなかった。

「……う…、ん」

あれからユーニスたちはすぐに部屋に戻った。

──大丈夫、大丈夫だよ。何も心配いらないよ……。

リオンはそう言って、片時も傍を離れずにいてくれたが、ユーニスを抱き締めるだけで何もしなかった。夕食を部屋に運んでもらって二人で食事をとり、眠るまでの間、ただ優しく囁いていてくれていた。

「……うぅ……、う……」

けれど、不安は夢の中まで追いかけてくる。

あれほど気持ちの悪い感覚を味わったのは初めてだった。

リオンの腕の中で眠りに就いたはずなのに、身体の芯が冷えていく。

彼らは本当にリオンと別れさせる気でいるのだろうか。

ブラウンは、手を回せばこの結婚をなかったことにできるかもしれないと言っていたが、そんなことができるのだろうか。

あんな人となんて、一緒になりたくない。

ユーニスはぶるぶると震えながら、温もりを求めて手を伸ばす。

しかし、どんなに手を伸ばしても求めたものは見つからず、うなされる自分の声を遠くに感じながら、次第に意識が現実に引き戻される。ユーニスは唐突に目を覚まし、己の手がリオンを捜しているのを視界に留めた。

「……、……リオン？」

ユーニスは何度か瞬きをして、ぼんやりした頭のままで身を起こす。

一緒に眠りに就いたはずなのに、なぜかリオンの姿がない。

シーツに触れると、彼が横になっていた場所は冷たくなっていて、ずいぶん前からいなくなっているのがわかった。

「リオン…、どこに……」

ユーニスはベッドを下りて、しばしその場で立ち尽くした。

待っていれば、すぐに戻ってくるだろうか。

彼がいないことが、今ほど不安に感じられたことはない。

ユーニスはぶるっと身を震わせ、クローゼットからショールを取り出すと、リオンを捜しに行くことにした。

今が何時頃かはわからないが、すでに皆、眠りに就いたあとなのだろう。屋敷の外は真っ暗で、どこもかしこも静まり返り、ひたひたと廊下を歩く足音さえ大きく感じられた。

ユーニスは一階まで下りると、アトリエに続く渡り廊下に向かう。

彼が行きそうな場所など他には思いつかない。

ひっそりとした扉を開けると、途端に吹き抜ける冷たい風が肌を刺し、ユーニスの長い髪が大きく揺れた。

身を縮ませながら渡り廊下を早足で進み、程なくアトリエに辿り着いたが、いつもと様子が違う。リオンが来ていれば小さな灯りくらいはつけるはずだが、窓から様子を窺ってもそのような光は感じられなかった。

――もしかして、リオンはここにも来ていないの……？

ユーニスは戸惑いを顔に浮かべ、扉をそっと開けた。

リオンがいつ来てもいいようにアトリエには鍵がかかっていない。

キィ…と、微かな音を立てて扉が開き、ユーニスは中に足を踏み入れる。廊下の先にある大きな部屋では、いつも彼が好きな絵に没頭していたが、今は静けさに包まれて人の気配が感じられない。

だが、すでに眠っている可能性もある。

部屋を通り抜けた先には小さな寝室があるのだ。ユーニスもそこで時々彼と夜を過ごすことがあり、念のためと思って足を運んだが、そこにもリオンの姿はなかった。

「なら…、執務室にいるとか?」

ユーニスは顔を上げ、ぽつりと呟く。

昼に仕事を残していて、気になって片付けに行ったのかもしれない。

こんな夜更けにすることとは思えなかったが、他の場所など考えもつかず、アトリエを出て屋敷に戻ろうとした。

そのとき――、

「……なに、この臭い?」

風にのって、妙な臭いが鼻腔を刺激した。

アトリエに来たときに気づかなかったのは、風向きが変わったからだろう。

「どこから? まさか火事じゃ……」

その微かに漂う焦げ臭さに辺りを見回す。

皆、眠っていて気づかないのかもしれない。

火事だとしたら大変なことだと青ざめ、ユーニスは急いで屋敷に駆け戻る。

一刻も早くこの臭いのもとを突き止めなければ……。

もしも本当に火事で、消火が間に合わないようなら皆を避難させなければ……。

そう思うのと同時に、リオンの居所が掴めないことに不安が膨らみ、彼が火に巻き込まれたらと思うとじっとしていられなかった。

「……う…っ」

屋敷の扉を開けると、焦げ臭さは一層強くなる。

ユーニスは口元を押さえて左右を見回した。

臭いは右手から迫ってくるように感じられ、躊躇うことなく右に向かった。

そのまま駆けていくと、やがて廊下の向こうから煙が上がっているのが目に飛び込んでくる。火事だと確信したユーニスは一旦立ち止まり、できうる限りの声で叫んだ。

「皆、起きて！　火事よ…ッ！　早く外に逃げて――…ッ！」

一人でも多くの人の耳に届けばいい。

そう願って声が嗄れそうなほど叫び続け、廊下の向こうに目を向ける。

煙はますます広がっていく。

しかし、リオンがまだ見つかっていないのに、引き返すことはできない。

執務室は二階にあり、この先の階段を使わなければならないのだ。

もちろん、そこにリオンがいるとは限らなかったが、もしいたとするなら早く避難しなければ逃げられなくなってしまう。

――一気に駆け抜ければ行けるわ……っ。

ユーニスはショールで口元を押さえて走り出した。

無茶なことだとわかっていたが、リオンがいるかもしれないのにそれを確かめもせずに自分だけ逃げるわけにはいかなかった。

徐々に煙で視界が悪くなり、一層臭いが強くなっていく。

僅かに生じた恐怖を胸に、ユーニスはショールを押さえる手に力を込めた。

ところが、そのとき、

「え…？」

ユーニスはぴたりと足を止めた。

見間違いか、煙の中心で一瞬人影が動いたように見えたのだ。

ユーニスは廊下の向こうに目を凝らす。

揺らめく煙。

それと共に動く人影。

やはり誰かいるようだ。

「誰か…、いる…の……？」

そんな場所で何をしているのだろう。

息をひそめていると、その人影は一瞬だけこちらを振り向く。

だが、もくもくと立ちこめる煙に人影は慌てた様子で背を向け、廊下の向こうに走り去ってしまった。

——今のは……。

背格好からして、おそらく男性だ。

こちらに気づかなかったのだろうか。

たまたま通りかかって、煙に気づいて慌てて逃げただけだろうか。

「ユーニスさまっ!?」

ほんの数秒気を取られていると、突然背後から声をかけられた。

振り向くと、家令のアルフレッドが駆け寄ってくる。

火事に気づいてやってきたのだろう。煙の中にいるユーニスを見つけて、一目散に駆けつけたようだった。

「このようなところにいては危険です！　早く外に出てください……ッ！」

「けれどリオンが執務室に……」

「リオンさまが…？」

「わ…、わからないんです。彼を捜していたら、この火事に気づいて……っ」

「……そう…でしたか。しかし、ユーニスさまは今すぐ外にお出になってください。これから、皆で消火作業を始めます。リオンさまのことは、一旦私に預けていただけますか？この時間に執務室にいることはないと思いますが、念のために見て来ますので……ッ！」

「……っ」

アルフレッドの必死の形相にユーニスは息を呑む。

これが、彼が今できる精一杯の約束なのだ。

見れば、他にも使用人が廊下に集まりだしている。こんなときに下手に自分が動いては、彼らにも迷惑をかけてしまいかねなかった。

「どうか、無茶だけは……」

「わかっております。身の安全は確保してまいります。ですから、ここは私たち使用人にお任せください」

「……ッ、よろしく…、お願いします……っ」

ここまで言ってくれる人はそうはいない。

頼もしく微笑むアルフレッドに、ユーニスは深く頭を下げる。

もしかしたら、リオンもこの煙に気づいて外に出ているかもしれない。

無事でいてくれるだけでいいからと、祈るような想いで廊下を駆け戻った。

「はあ…っ、は…ッ、はあっ」

やがて、ユーニスは息を切らせて裏庭に駆け込む。

裏庭にはすでに多くの人が避難に来ていた。

その中には義父や義母、カミユの姿もあった。

彼らも無事だったとわかり、思わず息をつく。

どんな相手であろうと、こういうときはほっとしてしまうみたいだ。

それでも、傍に近づくのは躊躇いがあり、ユーニスは義父たちに気づかれないように使用人たちの中に紛れ込んだ。

「リオン、どこ……？」

それから、ユーニスはリオンを捜して裏庭を歩き回った。

途中、何人もの使用人に声をかけてみたが彼を見たという者はなく、それらしき人の姿もどこにもなかった。

やはり執務室に取り残されたままなのでは……。

再び不安が頭をもたげるが、戻ったところで邪魔になるだけだ。

消火作業に駆け回る人々を見つめ、戻りたい気持ちを必死で堪える。今は彼らを信じるしかないのだと、そう自分に言い聞かせるしかなかった——。

❀　❀　❀

夜更け過ぎの突然の火事。

すでに多くの者が就寝していたが、幸いにも発見が早かったことと、その後の消火にあたった者たちの見事な連携で延焼はさほどでもなく、一時間が経った頃にはほとんど鎮火できていた。

今も建物からは僅かな煙が上がっているものの、今夜はほとんど風がなく、湿度も高い。再び火が上がる可能性は低いが、念のために朝まで見張りを立てることになった。

話によると、火元は一階のとある部屋。

燃えたのはその部屋と、周辺の一部だけで済んだようだ。

しかし、そこがカミユの自室だったことがわかると、辺りはにわかにざわつき始める。火の不始末があったのではと皆が疑念を抱いて当然の流れだったが、カミユは声を荒らげて驚くべき証言をした。

「――違う、僕じゃない…ッ！　火の不始末なんてなかった！　僕はただ部屋で寝ていただけだ。そうしたら、不意に人の気配がして……。驚いて起きたら部屋が燃えていたんだ…ッ！　誰かが僕の部屋に火をつけたとしか考えられない……っ！」

「カミユ、それは本当か!?」

「本当です、こんなことで嘘をついてどうするんです!?」

「まぁ…、なんて恐ろしい……っ」

カミユは必死の形相で訴える。

その話にブラウンやフローラの顔色が一瞬で変わったのは言うまでもない。

周りにいた者たちもはじめは疑いの目を向けていたが、カミユの表情は真に迫っていて、あちこちでひそひそと囁いては、どういうことだと顔を見合わせている。

ユーニスはそれを少し離れたところで見ていた。

けれど、カミユは突然ユーニスに目を移すと、憤った様子でこちらに近づいてきた。

「ユーニス」

「は…、はい……っ」

「君、先ほどから誰を捜しているの？」

「え…？」

「見ていたよ。ずっと誰かを捜していたね。何人もの使用人に話しかけては肩を落としていた」

「それは……」

「そういえば、ここにはリオンがいないようだ。こんなときに、あいつはどこにいるんだろう。……ユーニス、君は知ってる？」

「……っ」

おそらくカミユは『リオンを捜していたんだろう？』と聞きたいのだ。

怒りに満ちたカミユの表情から、リオンに放火の疑いをかけていることもそれとなく想像できる。

『……あとはすべて僕に任せて』

リオンに疑惑の目が向けられないようになんとかしなければと思うのに、ユーニスは何も答えられない。

こんなときに広間で彼が囁いた言葉が頭を過る。

あれにはどんな意味が込められていたのだろう。

彼はどうするつもりだったのだろう。

あのときは慰めてくれていたのだと思っていたから深く考えなかった。

「ユーニス、正直に答えてくれ。嘘をついても誰のためにもならない。君はリオンを捜していたんじゃないのか？」

「……は……い」

「やはりそうか」

「でっ、でも…ッ、リオンはこんなことはしません…ッ！　絶対にしません！」

「この状況で疑うなと？　あいつには僕を殺す動機がある。どういう意味かは君も理解できるはずだ」

「そんな…、やめてくださいッ！」

「じゃあ、他の誰が僕の部屋に火をつけたって言うんだ!?　この場にいないリオン以外いないだろう！」

「違います…ッ、お願いですから決めつけないでください！」

この場にリオンがいないというだけで、彼がこの火事を起こしたと皆の前で言うのはやめてほしい。

カミユの話に周囲のざわめきが大きくなったが、ユーニスだけは、彼は決してそんなことはしないと必死で抵抗していた。

そのときだった。

「——こんなところで何を騒いでいるんだ？」

「……ッ!?」

不意に背後から声が届く。

喧噪の中でもよく通る低い声。

ざわめきが一瞬で消え、その声の主に皆の視線が注がれた。

まさかと思ってユーニスも振り向くと、そこには眉を寄せて自分たちを見ているリオンが立っていた。

「リオン…ッ！」

「煙の臭いがして戻ったら…、火事だったのか……。あぁだけど、これくらいで済んでよかった」

無事な姿に涙を浮かべて駆け寄ると、リオンはすかさずユーニスを抱き締める。

彼はほっと息をつき、屋敷に目を移して「なんでこんなときに……」と、ため息交じりに呟いた。

「今までどこに……？」

「……ん、ちょっと散歩」

「え？」

こんな時間に……？

しかし、彼の革靴は泥だらけになっている。

少なくとも、外に出ていたのは確かなようだった。

「ずいぶん、白々しい嘘をつくんだな」

だが、自分たちの話を聞いていたカミユが呆れた声を上げる。

振り向くと、彼はすぐ傍で立ち止まり、先ほどの疑念を今度はリオンに直接ぶつけ始めた。

「煙の臭いがしてって、火をつけたのはおまえじゃないのか？」

「……僕が？」

「他に誰がこんなことをするんだ？　昼の件で、おまえには動機があるじゃないか。……

あぁ、よくよく思い返してみると、僕の部屋から立ち去った人影はちょうどおまえと似た背格好だった気がするよ」

「……」

「リオン、正直に答えろ。おまえが僕の部屋に火をつけたんだろう？　ユーニスを僕にとられたくなくて、こんな恐ろしい行動に出たんだろう⁉」

カミユの激高が夜の闇に木霊《こだま》する。

周りにいた人々も彼の両親も、その様子を息を呑んで見つめていた。

それなのに、リオンは何も答えない。

眉をひそめてカミユの話をただ黙って聞いていた。

「……何それ。兄上、それ本気で言ってるの？」

だが、やがてクッと喉を鳴らすと、リオンはおかしそうに笑った。

「な…ッ⁉」

「だって、僕がそんな馬鹿なことをするわけないだろう？」

「だったら、今までどこで何をしてたっていうんだ⁉」

「だから散歩だと言ってる」

「っは…、こんな夜更けにか……ッ⁉」

「そんな気分だったんだよ」

「それを誰が信じるというんだ！　言い逃れをするな！」

確かに、この状況でただ散歩と答えても、一層怪しまれるだけだ。

それがわからないのか、リオンは怒りに火をつけるようなことばかりを言う。

周囲の人々も疑いの眼差しを彼に向け始めている。

ユーニスははらはらしながら二人のやり取りを見つめ、このままでは疑いを晴らせないと、リオンの腕にしがみついた。

「あの…、少しよろしいでしょうか」

と、そのとき、ピリピリした空気の中、自分たちに声をかける者がいた。

声のほうに顔を向けると、数人の使用人と共に屋敷から出てきたアルフレッドが傍まで来ていた。

彼も無事でいてくれたことに、ユーニスは密かに息をついた。

あらかた消火したことを確認してここに来たのだろうが、アルフレッドの表情は今まで見たことがないほど険しかった。

「アルフレッドか。火事の報告か？」

話の腰を折られて、カミユが不機嫌そうに問いかける。

「いえ」

「ならあとにしてくれ」

「そういうわけにはいきません。リオンさまが屋敷に火をつけたという話になっていると聞き、確認しにまいったのです」

「それがどうした」

「それはあり得ないことです。もし誰かが火をつけたのだとしても、リオンさまでないことだけは確かです」

「ど…、どういうことだ……？」

どうやら裏庭でのやり取りを、アルフレッドに伝えに行った者がいたようだ。

彼は驚くカミユに無言で頷くと、リオンではないと断言する根拠を話しだした。

「私は今日、急ぎの用で昼過ぎから外出しておりました。しかし、思ったより時間がかかってしまい、戻ったのは夜の十時を回った頃でした。そのときに、屋敷から出てくるリオンさまをお見かけしたのです。馬車の中から声をかけると、リオンさまは『裏山に散歩に行ってくる。話は戻ったら聞く』とおっしゃって、門の外に出て行かれました。御者もそれを見ていますので、私と同じ証言をするでしょう。火事が起こったのは、それから間もなくのことです。屋敷にいないリオンさまが火をつけるなどできようもありません」

静けさに包まれた裏庭で、アルフレッドの凛とした声が響く。

その姿は毅然として、嘘や偽りは感じられない。

——なら、リオンは本当に散歩に出かけていたのね……。

こんな夜中にどうしてという疑問は拭えないが、裏山に行っていたというならリオンの靴が泥だらけなのも納得がいく。

ユーニスは深く息をついて、リオンの肩に頬を寄せる。

なんにしても、無実を証言してくれる人がいてよかった。

これでリオンに対する疑いは晴れたはずだとカミュに目を向けたが、彼は眉を寄せて納得していないようだった。

なぜそんな顔をするのだろう。

カミユは弟の無実が嬉しくないのだろうか。

様子を窺っていると、不意にアルフレッドがその場を離れる。彼は屋敷を一緒に出てきた者たちのほうへ近づき、その中の一人に小声で話しかけていた。

相手は衛兵だ。

まだ何かあるのだろうか。

皆が注目する中で、衛兵はアルフレッドの言葉に何度も頷いている。

話が終わると、アルフレッドは衛兵に目配せをして何かを促した。

すると、衛兵は一歩前に出て緊張ぎみに姿勢を正し、皆の前で驚くべき証言をしたのだった。

「今夜は私を含めた複数の衛兵で屋敷を巡回しておりました。先ほど他の者にも確認しましたが、皆、不審者と思われる者は見ていないとのことです。それから火事が起こる少し前、私はあの近くを通り過ぎましたが、そのときお見かけしたのはカミユさまだけでした。ご自身のお部屋を出たり入ったりされて、ずいぶん忙しくされていたのを不思議に思っていたのでよく覚えております！」

「……ッ!?」

「詳細な報告をありがとう。これからもこの家のために励んでほしい」

「はっ！」

先ほどのやり取りはこの証言をするように言われたのだろう。

衛兵が言い終えると、アルフレッドはねぎらいの言葉をかける。それで衛兵は小さく息をつき、汗を拭きながら一歩下がった。

――つまり、どういうこと？

辺りは再び静けさに包まれる。

おそらく、ここにいるほとんどの者が同じ疑問を抱いたに違いない。

『――僕はただ部屋で寝ていたんだ。そうしたら、不意に人の気配がして……。驚いて起きたら部屋が燃えていたんだ…ッ！』

ならば、カミユのあの証言はなんだったのか。

アルフレッドは火事のときにリオンは屋敷にいなかったと言い、衛兵は火事の前にカミユが部屋を出たり入ったりしていたと証言した。

この二人の証言が正しいなら、カミユは起きていたということになる。

にもかかわらず、彼はリオンが自分の部屋に火をつけたと騒いでいたのだ。

――まさか、リオンを貶めるための嘘……？

そうだとすれば許せない。

ユーニスは疑念を胸にカミユに目を向ける。

すると、顔を青ざめさせたブラウンがふらふらとカミユに近づいていく。

いつもの彼なら真っ先に擁護するところだったろうが、アルフレッドや衛兵の話を否定できるものはなく、何が真実かわからず困惑しているようだ。見れば、フローラも顔を青くしたまま立ち尽くしていた。

「カミユ…、私にはよくわからない。もう一度、説明してくれないか……？」

「父上、これは…ッ」

「どうなのだ、あの者の言うことは正しいのか？　本当は起きていたのか？　ならば……火事を起こしたのは……」

「ちっ、違いますッ！　僕ではありません！」

「では…、あの者の話が間違っているのか……？　アルフレッドの話ではリオンは外出していたそうだが……」

「それは……」

ブラウンは困惑を顔に浮かべ、カミユに詰め寄る。

カミユは自分ではないと否定するが、歯切れが悪く、先ほどまでの勢いはない。

もし自分で火をつけたのなら、カミユは誰にも伝えず黙って見ていたことになるわけで、下手をすれば屋敷がすべて燃え落ちていたかもしれないのだ。ブラウンもさすがに心穏やかではいられないようだったが、愛しい息子がそんなことをするわけがないという葛藤も見え隠れしていた。

「――アルフレッド。ところで、さっきの話って何？」

そのとき、ここまで黙って見ていたリオンが口を開いた。

おそらくそれは、散歩に行く途中に『戻ったら聞く』と答えたアルフレッドの用件なのだろう。

ユーニスはリオンの横顔をじっと見上げる。

酷い疑いをかけられたあとだというのに、彼の様子は至って変わらない。

ブラウンとカミユのやり取りを他人事のように静観していただけだ。

少しくらい怒ればいいのにと思っていると、アルフレッドは自分たちの前で立ち止まり、おもむろに懐から何かを取り出した。

「先方から、こちらを預かってまいりました」

「あぁ、わざわざ手紙をくれたんだ」

「ここでご覧になりますか？」

「せっかくだからね」

「ではランプを持ってまいりましょう」

「……ん、助かる」

ごそごそと封を開け始めるリオンを見て、アルフレッドはさっと離れる。

辺りを見回し、近くの者からランプを借りると、礼を言ってすぐに戻ってきた。

先回りした気遣いと素早い動きにユーニスは感心してしまう。

リオンが広げた手紙にさり気なくランプをかざす様子は主人と臣下そのものだ。これだけで二人が良好な関係を築いてきたとわかり、こんなときなのに嬉しさが込み上げた。

「これは……、大変なことになったね」

「いかがいたしましょう」

「……うん」

文字を目で追いながら、リオンは少し驚いた様子で呟く。

アルフレッドは内容を知っているのだろう。リオンに判断を仰いでいるようだが、それに対する明確な返答はない。

やがてリオンは手紙を読み終えると、ユーニスに目を向けた。

首を傾げると、彼は小さく笑ってコートを脱ぎ、ふわりと肩にかけてくれる。

「リオン、これではあなたが風邪を……」

「僕は平気。君はここで少し待ってて。すぐに終わらせるから」

「あ…」

それだけ言い置いて、彼はユーニスに背を向ける。

その視線の先では、いまだカミユとブラウンが中途半端に揉めていた。

しかし、リオンが二人のすぐ傍で立ち止まると、カミユは途端に嫌そうな顔をして目を背ける。そんな兄の姿をリオンはしばし黙って見ていたが、不意に口元を緩めてにっこりと笑った。

「兄上、おめでとう」

「……は？」

唐突な弟からの祝いの言葉。

この状況でいきなりそんなことを言われても、反応できるわけがない。

カミユは何がなんだかわからず顔をしかめていた。

少し離れた場所から見ていたユーニスも意図が摑めず若干心配になったが、リオンは周りの反応など気にすることなく、今度はブラウンに笑いかけた。

「父上、朗報ですよ」

「……朗報？」

「ええ、兄上が駆け落ちした令嬢の父君のことを知っていますか？」

「あ、あぁ…、もちろんだ。イングラム侯のもとには何度か謝罪に伺ったことがある。一度も会っていただけなかったが、娘を返せといったお怒りの手紙があの二年間で何通も届き、我々も必死で捜索の手を伸ばしたのだ。今は音沙汰がなくなったが、人伝《ひとづて》に聞いたところ、いまだ怒りが収まらないご様子だと……」

「そのイングラム侯が、彼女と兄上の仲を認めてもよいとおっしゃっています」

「なにっ!?」

よほど頻繁に怒りの手紙が来ていたのだろう。

ブラウンはリオンの問いかけに苦い顔で答えていたが、『仲を認めてもよい』との話にこれ以上ないほど目を見開く。

それは傍にいるカミユも同様で、彼は顔を引きつらせてリオンに詰め寄った。

「仲を認めるってどういうことだ？　どうしておまえがそんな話を……」

「どうしてって、僕はこの家の当主として謝罪の手紙を出しただけだよ」

「それだけでそんな話になるわけがないだろう!?」

「そう言われても……。あぁ…、もしかしたら時期がよかったのかな」

「時期？」

「そう、時期がね。とてもよかった」

リオンはそう言ってカミユを見下ろし、くすっと笑う。

自分より背の高い弟にそんなふうに笑われて見下されたように感じたのか、カミユは苛立った様子で眉を寄せている。

それを気にかけることなく、リオンは手にしていた手紙を広げた。

「届いたばかりのイングラム侯からの手紙によると、現在彼女は妊娠五か月。今は母子ともに安定しているとか……」

「……は…？」

「わからない？　彼女は兄上の子を身籠もってるんだ」

「――ッ!?」

「それは本当か!?」

「本当ですよ。父上も手紙をご覧になりますか？」

「よ…、読ませてもらおう……」

ブラウンの反応にリオンは満足げに頷き、アルフレッドに目配せをする。

それを見てアルフレッドは心得た様子で近づくと、文字が見えるように素早くランプをかざした。

「フローラ、おまえも来なさい」

「は、はい…っ」

ブラウンは手招きして立ち尽くしたままのフローラを呼び寄せる。

フローラはハッとした様子で声を上ずらせて駆け寄り、二人で手紙に目を落とす。

リオンは次第に興奮で呼吸が荒くなっていく両親の姿を愉しそうに眺めながらカミユに話しかけた。

「彼女は兄上をとても愛してるんだね」

「え？」

「……連れ戻されたあと、彼女は泣き通しで食事も碌にとれなかったそうだよ。心配するイングラム侯に『カミユに会いたい』とひたすら訴えていたって……。困り果てていたところに妊娠が発覚して、この一か月はずいぶん頭を悩ませていたらしい。蝶よ花よと育てた大事な一人娘…。傷物にされた腹立たしさはあっても、好きな人の子を身籠もったことを喜ぶ娘を見ているうちに気持ちは揺らぎだし、考えあぐねていたときに僕の手紙が届いたそうだ。きっと、心を動かすのにちょうどいい時期だったんだろうね……。兄上、よかったじゃないか。イングラム侯は、兄上が頭を下げれば許すと言ってくれているよ」

「僕が…頭を下げる……？」

「それくらい簡単だろう？　彼女が好きで駆け落ちまでしたんだから」

「……っ」

カミユは言葉を発せないほど狼狽えていた。

それはそうだろう。

彼はとうに心変わりしてしまっている。

ユーニスはカミユに押し倒されたときのことを思い出して嫌な気持ちになった。

連れ戻されて一か月ほどしか経っていないというのに、あのときのカミユはすでに相手の女性を過去のものにしていた。それどころか、一緒に生活していたときから気持ちが離れていたようなことまで言っていた。

——彼女のほうは、今も気持ちは変わらないのに……。

知らない相手とはいえ、今後のことが心配だった。

こんな人と一緒になって大丈夫なのだろうか。

「——カミユ、すべてリオンの言うとおりにしなさい」

そのとき、ブラウンの命令が辺りに響く。

「え…」

戸惑うカミユをよそに、ブラウンは読み終えた手紙を丁重に折りたたんでリオンに返した。その眼差しは嬉々としていて、無理やり真面目な表情を作っているといった様子だった。

「いいか、カミユ。イングラム家といえば、王族と血縁のある尊い血筋でマクレガー家でも足下に及ばない大貴族だ。言いたくはないが、おまえはその家の一人娘を攫ったも同然のことをしたのだ。お陰で我々もずいぶん肩身の狭い想いをした。けれど、こんなことで許してくださり、さらに縁続きになれるというのなら、いくらでも頭を下げるべきではないのか？　なぁ、フローラ、おまえもそう思うだろう？」

「えぇ…、そうね……。考えてみると、カミユは一度も謝罪に伺っていないんだわ。これほどの良縁は滅多にないのだから、しっかり頭を下げておいたほうがいいわ」

「で、ですが……父上、母上……」

「なんだ、何か不満なのか？」

「い…、いや……」

似たもの夫婦とはよく言ったもので、ブラウンもフローラもすでに格上の家と縁が結べることで頭がいっぱいみたいだ。カミユの戸惑いも目に入っていないようで、また彼がユーニスを好きだと言っていたことまで都合よく忘れたのか、嬉しそうに笑い合っていた。

一方、カミユはみるみる青ざめていく。

ユーニスはそれを相手に気持ちがないためだと思っていたが、どうも様子がおかしい。

カミユは次第に息を乱し始め、自身の胸を苦しげに押さえると、助けを求めるようにリオンに向き直った。

「リオン、僕が悪かった！」

「……なんのこと？」

「おまえを疑ったことは謝る！　これは何かの冗談だ。そうなんだろう!?」

「冗談？」

「彼女が妊娠なんて、今になってそんなこと……」

「あぁ…、そうか……。兄上は嬉しくて取り乱してるんだね」

「え…っ」

「家を捨てて駆け落ちするくらい彼女が好きなんだもの。自分の子を身籠もったなんて知ったら、興奮してわけがわからなくなってしまうよね」

「ちが…ッ」

「なら、明日にでも頭を下げに行こうか。……父上、僕も一緒に行くので安心してください」

「あぁ、それはいいことだ」

「リオン、待っ――」

「よかったね、兄上。これからはずっと彼女と一緒だ」

「……ッ！」

カミユの顔はますます蒼白になっていく。

単に心変わりしたにしては、怯えているように見えるのが不思議だ。

――気のせいかしら……？

ところが、首を傾げて見ていたそのとき、カミユは胸を押さえながらユーニスに目を向けた。まっすぐ射貫かれてユーニスがビクッと肩を震わせると、彼はリオンの横をすり抜け、こちらに駆け寄ってきた。

「な、なに……」

どうしてこちらに来るのかわからない。

しかも、カミユはユーニスに手を伸ばしてくる。

捕まえようとしている動きと、血走った目が怖くてユーニスは思わず後ずさるが、さほど離れた場所にいたわけではない。

逃げようとしたときにはすぐ傍までカミユが迫り、腕を摑まれてしまった。

「きゃあ…っ⁉」

「ユーニス、僕についてきてくれるね？」

「なっ、何を言って……」

「僕が馬鹿だったんだ。君こそが運命の相手だったのに、愚かなことをしてしまった。謝罪なら何度だってする。僕を許し――…」

彼はいきなり何を言い出すのか。

まだそんなことを言っているのか。

好きでもない相手に、ついていくわけがない。

頬をひくつかせていると、不意にユーニスを掴むカミユの腕が捻り上げられた。

「うあぁ…ッ!?」

途端にカミユは顔を歪ませて呻きを上げる。

リオンが彼の腕を捻り上げたのだ。

自分が疑われても平然としていたのに、今のリオンは怒りに満ちた目をしている。彼は背後からカミユの腕をさらに捻ると、その背中に押し当てて耳元でそっと囁いた。

「勝手に僕のものに触ってはだめじゃないか」

「ぐ…う…、リオン……、見逃してくれ……」

「……見逃す？」

「頼む…ッ、あんな生活は二度と……ッ！」

「変な兄上…、それとユーニスとなんの関係があるの？　すべて自分の選んだ道だろう？　それとも、子供を作っておいて責任はとりたくないと？」

「そ、それは……」

「兄上はなんて自分勝手なんだろうね。ユーニスもこの家も、捨てたのは自分じゃないか。だから僕はこの家を継ぎ、ユーニスと結婚したんだよ。それなのに、兄上はいつまで跡継ぎのつもりでいるの？　今の兄上は単なる居候だろう？　それとも、父上や母上に泣きつけばどうにかなると思ったのかな？　そんなことを僕が黙って見ていると？　ユーニスを奪われても、大人しくしていると思ったの？」

「……そんな、ことは……」

「ねぇ兄上。これ以上は……、身を滅ぼす覚悟をしなければいけないよ……？」

「――ッ！」

静かだが強い怒りを宿した瞳で、リオンはカミユにひっそりと囁く。

目を合わせて口元だけ笑みを浮かべ、「ね？」と首を傾げると、カミユは息を呑み、激しく動揺した。

彼はリオンからは何を取り上げてもいいとでも思っていたのだろうか。

ようやくリオンの逆鱗に触れたことを理解して、慌てて首を横に振っていた。

しかし、裏庭にいた人々はそれを見てぽかんとしていた。

リオンの囁きは近くにいたユーニスでもすべては聞き取れず、最後のほうはカミユの反応しか耳に届かなかったのだ。

他の皆にはまるで聞こえなかったようで、突然ユーニスに駆け寄ったカミユの奇っ怪な行動を、眉をひそめて見ていた。

突然大人しくなったカミユに、リオンはくっと喉を鳴らして笑いを零す。

さらにカミユの腕を捻り上げると、彼は何事もなかったかのように振り向き、アルフレッドに声をかけた。

「兄上は喜びのあまり混乱しているみたいだ。謝る相手をうっかり間違えたようだよ」

「そうでしたか」

「アルフレッド、心配だから朝まで兄上の傍に人をつけてくれないか？」

「……承知いたしました」

「頼んだよ。念のため、僕も途中まで一緒に行こう」

アルフレッドは黙って頷く。

リオンも小さく頷くと、青ざめるカミユを先ほどの衛兵に引き渡し、まだ僅かに屋敷から上がる煙に目を向けた。

「誰にも怪我がないようでよかった。皆の迅速な対応に感謝しなければ……」

それは裏庭に集まった人々に向けられた言葉なのだろう。

ぽつりと呟くリオンの後ろに立つと、彼は僅かに肩を揺らしてユーニスを振り向く。

その金色の眼差しからは先ほどまでの怒りは消えていて、すでにいつもの穏やかさを取り戻していた。

「アトリエで待っていて。今夜はあの場所で休もう」

「……わかりました」

彼が一緒ならどこであろうと構わない。

素直に頷くと、リオンはどこかホッとした様子で唇を綻ばせる。

しかし、すぐに厳しい表情になって、自分たちのやり取りなど目もくれずに喜び合う両親に視線を向けた。リオンは呆れた様子で息をつき、衛兵の傍で身を硬くしたままのカミユを無言で見やった。

「行こうか」

「はっ」

ややあって衛兵に声をかけ、彼は屋敷に戻っていく。

ユーニスは遠ざかるその広い背中を追いかけたい衝動に駆られたが、彼が肩にかけてくれたコートを摑んでなんとか思い留まった。

──リオンの匂い……。

それだけのことが、殊のほか自分を安心させる。

ふと、周りに目を向けると、裏庭に集まった人々が少しずつ屋敷に戻っていく。

どうやら、アルフレッドが執事たちに指示を出していたらしく、彼らが皆を安全な場所に誘導しているようだ。ユーニスはしばしその光景をぼんやりと眺めていたが、人々の姿がまばらになったところでアトリエに向かった。

アトリエが静けさに包まれているのは、いつもとなんら変わりがない。

けれど、今夜は一段と寂しく感じられて、リオンを待つ時間が永遠と思えるほど長かった──。

第八章

暖炉の火がパチパチと燃える音が、やけに寂しく響く。

ユーニスがアトリエに来て一時間近くが経つが、リオンはまだ来ていない。

いつもならとうに眠りに就いている時間なのに眠気を感じず、ユーニスはしばらくソファでじっと彼を待っていた。

しかし、時間が経つほど寂しさが募ってきて、気を紛らわせるために彼が過去に描いた作品を大きな棚から引っ張り出しては感嘆の息をついていた。

「どれも素敵ね……」

季節によって変化していく裏庭の風景。

樫の木からポポが飛び立つ瞬間や、アトリエに来た動物たちが窓から注ぐ日の光の下でうたた寝をする光景。

彼が描くものは日常で目にするものが多く、今にも動き出しそうなほど生き生きとしている。高名な画家が描いたものだと言われても納得してしまうほどの出来だった。

それがユーニスを描こうとすると、なぜか別人の作品のようになる。

ユーニスは彼が初めて描いた自分の肖像を棚から引っ張り出し、最近の作品と見比べてみた。

こうして見ると、かなり上達したことがわかるが、まだ形がうまく取れないようで何度も描き直したあとが窺える。風景画や動物画はどちらかといえば模写に近く、鮮明な筆づかいだ。

ところが、ユーニスの絵は光が重なったような不思議な描き方をしていて、童話の中の一枚みたいだった。

「これはこれで好きなのだけど……」

絵の中で微笑む自分。

光が降り注いでいて、どれもキラキラしているのがくすぐったい。

どうして自分を描くときはうまく形が取れないのだろうと思ったが、見ているうちに、そんなことよりも彼の想いが伝わってくることのほうが大事に思えてくる。

この絵を好きだと思うなら、それでいいではないか。

ユーニスは引っ張り出した絵を一つずつ元の場所に戻していった。

「――ユーニス？」

そのとき、扉がギ…ッと開く音がする。

名を呼ばれて振り返ると、ここまで走ってきたのか、リオンが息を弾ませながら部屋に入ってきた。

「リオン」

「遅くなってごめん。起きててくれたんだね。眠かったろう?」

「いえ、なんだか目が冴えてしまって」

「そっか……」

「それに、あなたがいないのが寂しくて……」

「……ッ、……そ……、そ…っか」

素直に気持ちを言うと、彼は顔を赤くしてぎこちなく頷く。

今さらこんな言葉で照れるなんてとクスッと笑い、ユーニスは棚に絵をすべてしまってからリオンのもとに歩み寄った。

「絵…、見てたんだ」

「勝手に引っ張り出してごめんなさい」

「謝ることじゃ……。君なら別に…、いつでも好きに見ていいよ」

「よかった……」

彼の前に立ち、ユーニスはその顔をじっと見上げた。

リオンはますます顔を赤くしていたが、少し疲れが見える。自分がアトリエでぼんやりしている間も、彼は忙しくしていたのだろう。

「あ、そういえば……」

ふと、煙が上がったときのことを思い出す。

声を上げると、リオンは『なに？』といった様子で小さく首を傾げた。

「いえ…、その……、私、先ほどの騒ぎのとき、火元らしき部屋から誰かが出てきたのを見たんです」

「え…っ」

「その人、一瞬私のほうを見た気がしたのに、反対側に走り去ってしまって……。あのときは私に気づかなかったのかもしれないと思っていたんですけど、今考えると、あれはカミユさまだったのかもしれないと思って」

「あぁ…、なるほど」

ユーニスの話に彼は苦笑いを浮かべる。

少し長めの前髪を掻き上げ、ため息交じりに答えた。

「今回の件が兄上の自演ならそうだろうね。だとすると、兄上は僕が屋敷を出て行くのを見ていたのかもしれない。今なら僕が火をつけたことにできると思ったとか……」

「やっぱり……」

「兄上は認めてないけどね。逃げるときにすれ違った何人かに火事を伝えていたそうだし、少なくとも早く消してほしいとは思っていたんだろう。衛兵が部屋を出たり入ったりしているのを見たと言っていたけど、想像以上に火が強くて焦っていたのかも。せいぜいその程度の短絡的な行動だったんじゃないかな……。兄上の行動をまとめるとそんな印象になるけど」

「……っ」

ユーニスは愕然として言葉も出ない。

なんて稚拙な行動だ。

これが思いつきだったなら、あまりにたちが悪い。

カミユはさもリオンが火をつけたといった様子で皆の前で断言したのだ。裏庭でのやり取りを思い浮かべただけで、腹立たしさまで蘇ってくるようだった。

「ユーニス？」

「あなたはもっと怒っていいと思います。あんな嘘で犯罪者に仕立てられたら堪ったものじゃありません」

「……そうだね。僕と君を別れさせるのに充分な理由にもなる」

「そんなのいやです…ッ！」

「ユーニス……」

「それに、駆け落ちした女性のことだって……。私は彼女を知りませんが、なんだかかわいそうです……。カミユさまの反応を見ていると、結婚したところでお相手の女性が不幸になるだけな気がしてしまって……」

相手の女性はすでに子を身籠もり、自分がどうこう言える問題でないのはわかっている。けれど、ユーニスはカミユの婚約者だった身だ。

あんな男が自分の夫になっていた可能性があると思うとぞっとして、相手の女性に同情に似た気持ちを抱いてしまうのだ。

「僕も兄上があんな人だとは知らなかった。これまで何も見ていなかったんだって、反省してる」

「どうして、あなたが反省なんて」

「だって、あの人たちのこと、僕はあまりにも興味がなかったから……」

「リオン……」

「まぁ、それはそれとして……。イングラム侯の令嬢に関しては、そんなに心配しなくてもいいんじゃないかな」

「え？　どうしてですか？」

思わぬ反応にユーニスは驚く。

他人事だと突き放す人ではなかったのにと困惑していると、リオンは小さく笑みを零してユーニスの手を柔らかく握った。

「実を言うと、兄上の反応が気になって、令嬢がどんな人なのか、アルフレッドにそれとなく聞いてみたんだ。今日イングラム邸に行ったばかりだし見かけたかもしれないって、その程度の気持ちでね。……だけど、アルフレッドは以前、父上の命令で令嬢のことを調べさせられたみたいで想像以上に詳しかった。――彼女は侯爵家の一人娘ということもあってずいぶん大事に育てられた箱入りで、かなりのわがままで有名だったらしい。だけど、兄上にとってはそういうところが新鮮だったみたいだ。自分にわがままを言う人なんてこれまでいなかっただろうからね。アルフレッドが言うには、世の中には手を出してはいけない相手だと思うと余計にほしくなってしまう人がいるそうだよ」

「手を出してはいけない相手……」

「あ、そういえば、兄上はあれから何度も口走ってたな」

「何を…ですか？」

「もう下僕のように扱われるのはいやだって」

「え…ッ!?」

ユーニスは目を丸くしてリオンを見つめた。

彼は握った手を自身の頬に寄せて、苦笑ぎみに頷く。

確かにカミユの嫌がりようは尋常ではなかった。

――だとしても下僕って……。

あの二年間、彼らはどんな生活を送っていたのかと、思わず考えてしまう。

するとリオンはユーニスの手に口づけ、目を閉じて囁いた。

「……アルフレッドがね、帰るときに彼女に会ったと言っていたよ。『カミユがいないとつまらないの。ずっと傍にいてどんなわがままも聞いてくれると言ったのに……』って拗ねた顔が、お気に入りの玩具を取り上げられた幼子のようだったって」

「玩…具……」

「おそらく、隠れ家を報せたのは兄上自身だ。連れ戻されたように見せかけて、本当は逃げ帰ってきたんだよ」

「……っ！」

「二人がこれからどうなるか、僕にはわからない。けれど、彼女のほうは兄上を手放す気がない。イングラム侯も認めると言っている。周りはそれを見守るくらいのことしかできない。……僕も…、何もするつもりはないよ。兄上は自分のしたことの責任をとるべきだ」

リオンは低く囁き、ゆっくり目を開ける。

その瞳の奥には怒りの炎が揺らいでいた。思わず息を呑むと、彼はユーニスを掴む手に僅かに力を込めた。

「今さら君を奪おうとしたことも、僕は許すつもりはない……ッ」

「あッ⁉」

リオンはそう言って感情的にユーニスを掻き抱く。

こんなに強い感情をぶつけられるとは夢にも思わず驚いたが、熱い息が耳にかかって無意識に声が出てしまう。それを隠すように広い胸に顔を埋めると、首筋に口づけられた。

「ん…っ」

「君に触れていいのは僕だけだ…っ！」

彼はユーニスがカミユに押し倒されたときのことを、本当は怒っていたのだろうか。

あのあと、カミユを責めるでもなくいつもどおりに過ごしていたから、すべて許したのかと思っていた。

「リオ…ン……」

ユーニスは眉を寄せて喘ぐ。

力強い腕に抱き締められて、苦しいくらいだった。

「……あ、……ごめん。痛かったね……」

すると、彼はハッとした様子で力を緩め、素早く身体を離した。

目を伏せて謝罪をし、ふいっと顔を背ける姿からは、強い自制心が感じられた。

けれど、そんなふうに我慢した顔をされるのはいやだ。

もっと気持ちをぶつけてほしい。

彼の温もりが消えたことにも寂しさを覚え、ユーニスは追いかけるようにその腕にしがみついた。

「そんなふうに独占欲を見せるのに、どうして離すんですか…ッ!?」

「え…」

「少しくらい苦しくても、私は好きな人に抱き締められれば嬉しいんです！　私だって、あなたにしか触れてほしくないと思っているんです……っ！　もっと触れ合いたいと思っているんです！」

「ユ…ニス……？」

目を丸くするリオンを見上げ、ユーニスは目に涙を浮かべた。

この人は感情を表に出すのがあまり上手ではない。

彼の気持ちを聞き出せずにいた自分もどこかで遠慮していた気がする。

あれこれ葛藤をしていても、言葉にしなければ伝わらないことのほうが多い。好かれていると思っていても不安な気持ちがあったのは、初めて好きになった人にどこまで踏み込んでいいのかわからなかったからだ。

――だけど、これでは距離は縮まらない。

ユーニスは意を決して彼の手を握ると、少し強めに引っ張った。

「来てください」

「……え？　う、うん……」

　彼は繋いだ手を不思議そうに見て、ユーニスのあとを黙ってついてくる。

　カミユや相手の女性のことなどすっかり頭から消えて、ユーニスはもうリオンと向き合うことしか考えていなかった。

「あ…の…、ユーニス……？」

　遠慮がちな声を耳にしながらユーニスは寝室の扉を開ける。

　そのまま奥まで引っ張っていくと、ベッドの前で立ち止まって彼を見上げた。

　開けっ放しの扉から届くおぼろげなランプの光で、リオンの戸惑いが手に取るようにわかる。ユーニスは彼の大きな手を自分の頬に押し当て、まっすぐ見つめながら囁いた。

「私を抱いてください」

「……ッ!?」

　リオンは目を見開き、こくっと喉を鳴らした。

　頬に触れる手がびくつき、急激に熱を持ち始める。

　それなのに彼は目を泳がせて、慌てた様子で答えた。

「あ…、じゃ、じゃあ……、絵筆…、持ってくる……っ」

「そんなのいりません」

「え…っ？」

「もっと触れ合いたいと言ったでしょう？　私だけ果てて終わりというのは寂しくていやなんです。ちゃんと抱いてほしいんです」

「それ…って……」

「……あなたがほしいと……、言っているんです」

「……っ！」

リオンは先ほど以上に目を見開いてごくんと唾を飲み込む。

けれど、何も答えてはくれない。

まだわからないのだろうか。

もっと詳しく言ってほしいと返されたらどうしよう。

頭の隅で考えていたところで、彼の手のひらが一層熱くなっていることに気づく。

じっと窺っていると、なぜかリオンは息を弾ませ、思わぬことを言い出した。

「僕は君と抱き合っていると……、途中からわけがわからなくなってしまう。その白い肌に僕のあとを残したくなる。苦しがっても、きつく抱き締めたくなる。欲望まみれになって、何度も君がほしくなってしまうんだ。……それでもいいの？」

「……？　それが最近いつも愛撫だけで終わりにする理由ですか？」

「そ…ッ、それは……、間接的な理由だけど……」

「なら、直接的な理由があるんですか？」

「……い、一応」

リオンは床に目を落としてごにょごにょ言っている。

間接的とか直接的とかよくわからないが、まさか抱かずにいる理由がそんな斜めの方向にあるとは思わなかった。これはきちんと話を聞いておいたほうがいいと思い、じっと見つめていると、彼は照れたようにぽそっと答えた。

「……君が、僕のために兄上に怒ってくれたから……」

「え…？」

「僕の絵を貶した兄上に、君はすごく怒ってた。僕の絵が好きだって言ってくれた。君は兄上でなく僕を選んでくれている。僕の気持ちも伝わっていたと思ったら、嬉しくて胸がいっぱいになって……。もっと…、もっと君に何かしてあげたくなって……、すごく優しくしたくて……。自分のことはどうでもいいから、君がたくさん喜んでくれたらいいと思ったんだ」

リオンは顔を真っ赤にして懸命に気持ちを口にする。

おそらく彼は、以前カミユがリオンの昔の絵を引っ張り出してきて、それと比べてユーニスを描いた絵が下手だと言ったことを話しているのだろう。

あのときは、ものすごく腹が立ったのを覚えている。

声を荒らげてカミユに迫ったのも、今思えばかなり恥ずかしい行為だ。

あまりにも怖い顔をしたせいで怯えて抱いてくれないのではと思うこともあったから、そうではなかったとわかってホッとする反面、リオンがそんなふうに捉えていたことに驚きを隠せない。

——なら、すべて私に喜んでもらいたくて……？

思えば、リオンははじめから優しくしたいと言ってくれていた。

ずっと方法を探っていたのだろうか。

あれが彼なりに悩んで見つけた方法だったのだろうか。

「あの…、じゃあ……、絵筆を使ったり……、毎日下着を贈ってくれていたのは……」

「あ…あれは……ッ。絵筆は…、初めて君と過ごした夜、僕が興奮しすぎたせいで君が椅子から転げ落ちそうになっただろう？　咄嗟に手を摑んだらすごく痛そうにしてたから……。女の人があんなに柔らかくて脆いものだとは知らなかったんだ。力加減がわからなくて……、絵筆を使ってみたら君はすごく反応してくれたから、これなら大丈夫なんだと思って使ってた……。下着も……、僕が興奮したせいで破きかけてしまって、だから最初は謝罪のつもりで贈ってたんだけど……」

「……最初…は？」

「……ッ、と、途中からは君に着てほしいものを……。僕だけにいやらしい姿を見せてくれると思ったら欲が出てきて……。君はどんなものでも必ず穿いてくれたから、喜んでくれてるものと思い込んでたんだ。だから、決して押しつけるつもりは……」

リオンはますます顔を赤くして俯く。

最後のほうは消え入りそうな声になって、彼はそれを悪いことだと思っているみたいだった。

「ふふ…っ」

そんな姿が無性にかわいく思えて、ユーニスは思わず吹き出してしまう。

不思議そうに見つめられ、くすくす笑いながら彼の胸に額を押し当てる。

少しも悩むことではなかったのに、どうして勇気を出さなかったのだろう。

「ユ…、ユーニス……？」

もっと早く聞いておけばよかった。

そう思いながら、ユーニスはつま先立ちになってリオンの唇に自ら口づける。

彼は肩をびくつかせていたが、構わず何度も口づけを繰り返した。

「……ユー…ニス……」

自分たちは出会ってまだ半年も経っていない。

わからないことがたくさんあって当たり前なのだ。

彼は気持ちを内に閉じ込めてしまうところがあるから、普段はここまでは教えてくれない。けれど、リオンが自分を好きでいてくれることも、とても大事にしてくれていることも、その表現が少し人と違っているところも、こうやって知れただけで充分だった。

「リオン…、私……、あなたからの贈り物…、いやではありませんでした」

「え…？」

「それはもちろん、はじめは戸惑いました。どうして毎日下着が贈られてくるのか少し悩んだときもありました。けれど…、ああいうのがあなたの好みなんだと思ったら、いつの間にか抵抗もなく受け入れていたんです」

「え…、でも……」

リオンは戸惑いを顔に浮かべる。

きっとカミユとのやり取りを思い出しているのだと思い、ユーニスはその唇にまた口づけた。

「こんな恥ずかしいこと……、あなた以外に言えると思いますか？　抱いてほしいというのも、あなただから言うのです」

「……っ！」

間近で息を呑む音が聞こえる。

彼は金色の瞳を揺らめかせ、頬や首筋、肩などさまざまな場所に触れてからユーニスを抱き締めた。

「ごめん……。何もわかってなかった」

「……いいんです」

徐々に腕に力が込められていくが、加減しているのかさほど苦しくはない。

耳元にかかるリオンの熱い吐息に胸が高鳴っていく。

ユーニスも彼の背に腕を回して抱き締め合った。

「君を抱きたい。本当はずっと抱きたかったんだ……」

「……私もです」

やがて聞こえた囁きにユーニスは小さく頷く。

そのまま抱き上げられると、ベッドに座らされる。見つめ合い、重ねるだけの口づけを繰り返すうちに、いつしかベッドに組み敷かれていた。

「ん…、リオ…ン……」

唇を少し開けて誘うと、彼の舌が差し込まれる。

探るように歯列をなぞられ、ユーニスも舌を突き出して互いの舌先を擦り合わせてから深く絡め合った。

「ん…、ん……」

「ユーニス…、ユーニス……」

「ン…ッ、…あ…ッ」

甘く激しい口づけを交わしながら、リオンはユーニスの胸をまさぐりだす。

アトリエでは暖炉をつけていたため、ユーニスは彼のコートもショールもソファに置いてネグリジェで過ごしていた。寝室は少し寒かったが、生地越しに感じる彼の熱い手と肌にかかる吐息ですぐに身も心も蕩かされてしまう。

「あ…ん、…んぅ……、ン…ッ」

密やかな喘ぎに、彼の息が乱れていく。

膨らみを揉みしだく手は徐々にお腹のほうに移動し、腰や太股の感触を確かめたあと、ネグリジェの裾をアンダードレスごと捲り上げる。

リオンはそれを一気に胸の上まで捲ると、あらわになった乳房に吸い付き、主張を始めた頂を舌で転がす。

あまりの性急さにユーニスは僅かにびくついたが、彼は切羽詰まった様子で息を弾ませ乳首を舐めている。胸の上までたくし上げられたネグリジェは二の腕をくすぐられて両手を上げさせられ、瞬く間に脱がされた。

「あっ、ん…、あぁ…っ」

乳首を転がされるたびにお腹の奥がじんと熱くなっていく。

彼を求めて中心が濡れていくのがわかり、ユーニスは肩で息をしながら身悶える。やがてドロワーズの腰紐が解かれ、性急な動きで脱がされていくのを、シーツを握り締めて受け入れていた。

衣擦れの音と彼の息づかいが淫らに響く。

ドロワーズは見る間にユーニスの足首を抜け、一糸纏わぬ姿にさせられる。

リオンは膝立ちになり、横たわるその美しい裸体を舐めるように見ていた。

彼の視線が辿ったところがなぜか熱く感じられ、ユーニスは恥ずかしくなって身を捩った。

すると、左の足首を摑まれて膝頭に口づけられる。尖らせた舌先が円を描くように動き、それが少しずつ太股に向かい、ぴちゃぴちゃと音を立てながら執拗に舐められた。

「あっあっ、ン…ッ、あぁ…あ」

「ユーニス…、君の大事なところ、すごく濡れてる……」

「あぁう…ッ」

リオンは内股を舐めながらユーニスの中心を指でそっと突く。

びくびくっと全身が波打ち、甲高い喘ぎを上げると、彼は繰り返し入口を突いてわざと淫らな音を立ててみせる。

「あ、あ、あ…ッ、ああ、あ…ッ」

次第に水音も大きくなり、奥から蜜が溢れ出す。

濡れた指先で陰核を擦られ、お腹の奥がきゅうっと切なくひくつく。内股を這う舌の動きにも快感を煽られ、ユーニスは身を捩って激しく悶えた。

「リオン…ッ、熱…い……」

「熱い…？　どこが熱い？」

「……ッ、奥…が……」

「……この奥？」

問いかけながら、彼は二本の指を中心に差し込む。

「あぁあ…っ」

「本当だ。君のナカ…、すごく熱い」

くちゅっといやらしい音がして、何度か出し入れしたあとにばらばらに中で指が動く。

ユーニスが激しく喘ぐと、リオンは唇を綻ばせて舌先で敏感な芽を突いた。

そうすると、内壁は彼の指を強く締め付け、さらに奥から蜜が溢れ出す。

彼に抱かれることを期待して、いつもより身体が敏感になっているみたいだ。内壁を少し刺激されると奥が激しくひくつき、突起を舐められただけで達しそうだった。

「いや…、いや…っ」

けれど、これではいつもと同じだ。

ユーニスはリオンに手を伸ばし、涙を浮かべて首を横に振る。

愛撫などいらないから、一刻も早くあなたのものにしてほしいと目で訴えた。

「……そうだったね」

彼は一拍置いて苦笑を浮かべる。

名残惜しげに陰核に口づけると、指をそっと引き抜いた。

身を起こし、ユーニスを見つめたまま膝立ちになり、シャツのボタンを外して素早く脱ぎ去る。

熱を孕んだ眼差し。弾む息。逞しい胸板が上下している。

彼も逸る気持ちを抑えられないのだろうか。

リオンは煩わしげに下衣を少し緩めただけで、ユーニスにのしかかってきた。

「あ…っ」

「……いい…？」

「……は、い…」

間近で問いかけられ、ユーニスはこくんと頷く。

それを確認すると、リオンは僅かに身を起こして淫らに濡れた中心を指で広げ、熱く猛った先端を押し当てる。ユーニスの両脚をさらに大きく広げさせ、ぐっと腰に力を入れてそのまま内壁を押し開いていった。

「ン…、あぁ…っ」

久しぶりに感じる彼の逞しい熱にユーニスは息を震わせる。

徐々に繋がりが深くなり、半分ほど挿入したところで一旦動きを止め、彼はユーニスを見下ろした。

その燃えるような眼差しに鼓動が急に速まり、金縛りにあったように目が逸らせない。

しばし見つめ合っていたが、やがてリオンは大きく息を吸い込むと、細腰を掴んで自身に引き寄せ、一気に最奥まで貫いたのだった。

「あっあぁあー……ッ！」

「……ッ」

ユーニスは喉を反らして嬌声を上げる。

リオンは苦しげに眉を寄せて息を詰めていた。

「ユーニス…、……ッ、君のナカ…、おかしくなる……っ」

そう言って、彼はユーニスをきつく抱き締めると、かぶりつくように小さな唇を貪りながらすぐさまその猛りで穿ち始めた。

「んっう、ンッ、っは、あっあっ、あぁあ……ッ！」

いきなり始まった激しい抽送に、ユーニスは喘ぐことしかできない。

久しぶりだからか、それとも彼が殊のほか興奮しているのか、身体の奥までいっぱいに広げられているみたいだ。

苦しく感じるほど攻め立てられ、繋がった場所が灼けるように熱い。

それなのに、彼を待ち焦がれた身体は易々と奥まで受け入れ、内壁を刺激されるたびにさらなる蜜を零して喜んでいる。弱い場所をわざと擦られ、胸を揉みしだきながら乳首を指で転がされると、見る間に快感を引き出されていった。

「あっあっ、あぁっ、あぁあッ」

「好き…だ…、好きだ…ッ、ユーニス……ッ」

彼はうわごとのように繰り返す。

耳たぶを甘噛みし、首筋を愛撫しながらも何度も好きだと伝えてきた。

自然と涙が溢れてきて、ユーニスは彼の首にしがみつく。

彼に求められることが嬉しくてならない。

快感に喘ぎ、打ち付ける熱塊をきつく締め付ける。自ら腰を押しつけると、彼は苦しげに息を乱してさらに激しく腰を前後させた。

「ひぁあ…っ、あっあぁ、ああ…っ！」

「ユーニス…、もっと近くにいきたい……ッ」

リオンはユーニスの腰をなおも引き寄せ、一層繋がりを深める。

最奥に自身を留めたままで小刻みに身体を揺さぶり、迫り来る絶頂の予感に息を震わせていた。

まるで一つになったみたいだ。

嬌声を上げながら、ユーニスも同じように息を震わせる。

身体を揺さぶられると、彼のものでたくさん擦られて堪らなくなった。

お腹の奥が切なくなり、動きに合わせて無意識に腰を揺らしてしまう。そうすると、余計に快感に追い詰められて、襲い来る絶頂の波に攫われそうになった。

「リオン、リオン…、も…、だめ……ッ！」

「……んッ、……せめて……一緒に…ッ」

ぶるぶると内股が震えだし、目の前が白けてくる。

限界を訴えると、強く抱き締められて狂おしいほど奥を突かれた。

「あぁッ、あぁぁあ――…ッ！」

「――…ッ！」

ユーニスは喉をひくつかせ、悲鳴に似た嬌声を上げる。

リオンも苦しげに低い呻きを漏らしていた。

彼も限界が迫っていることがわかり、ユーニスは嬉しくてその胸に頬を寄せた。

隙間なく繋がり、貪り合うように口づけ合う。激しい抽送でなおも攻め立てられ、彼と共に深い快楽の波に呑み込まれていった。

「あぁ…、あぁ…う…、あ…っ、あ…、…ぁ……」

小刻みに揺さぶられる身体。

肌がぶつかるたびに湿った音がして、淫らな水音が響く。

互いの激しい息づかいも肌の感触もすべてが快感になる。

絶頂に喘ぐ中で最奥に放たれた彼の熱を感じてユーニスはぽろぽろと涙を零す。

程なく訪れた断続的な痙攣で彼を締め付けると、微かな喘ぎを耳にしてその逞しい身体にしがみつく。

長い絶頂の余韻に浸っているうちに、いつしか彼の動きは止まり、そこでようやく一つになれたことを実感したのだった。

「……リオン……、あなたが…好き……です……」

「ユー…ニス……」

やがて、ユーニスは彼の耳元で囁く。

リオンはユーニスの首元に顔を埋めて息を弾ませていたが、ぴくっと肩を震わせて顔を上げた。

見つめ合い、自然と唇が重なる。

小鳥の啄みのような口づけを繰り返し、また見つめ合って彼の滑らかな頬に手を伸ばす。

一日でさまざまなことが起こりすぎて、今こうしているのが夢のようだった。

「今日は目が覚めたらあなたがいなくて、とても怖かった……」

「……ごめん」

「アトリエに走ったけれど、いないとわかって執務室に行こうとしたんです。そうしたら、焦げ臭い感じがして……。火事だと思った瞬間、あなたが取り残されているのではと思って必死に廊下を走りました。だけど、途中で引き留められてやむを得ず裏庭に……。そこにもあなたはいなくて……」

「うん……」

「カミユさまに火を放ったのはあなただと疑われたとき、昼に『すべて僕に任せて』と言った言葉が一瞬過ったけれど、必死で違うと訴えました。どんどんあなたが悪者にされて、怖くて堪りませんでした……」

「僕がいなかったせいだね……」

「もう夜中に散歩なんてよしてください…ッ！　たまたまアルフレッドさまと会っていたからよかったものの、そうでなければどうなっていたか……。どこにもあなたがいないなんて、夢でも見たくありません……っ」

「……ん、もう二度としない」

ユーニスの訴えにリオンは素直に謝罪する。

気づかぬうちに溢れた涙を彼は唇で吸い取り、その優しい感触に胸の奥が切なくなって、ユーニスは彼の首に抱きついた。

「あなたが無事でよかった……ッ！　私のことを嫌っていたのではなくて、本当によかった……」

「どうして僕が君を嫌うの？」

「だって不安だったんです。昼に広間で私たちを別れさせるような話をされて、あなたに裏切ったと思われていたらどうしようって……。そうでなくても、抱いてくれなくなって悩んでいたのに……。あなたの絵を見て、自分が好かれていることを何度も確認したりして……」

「君がそんなことを？」

「はい…」

「……そうなんだ」

拗ねた口調で訴えると、リオンは嬉しそうに笑みを零した。

頬や瞼、鼻先に口づけられ、当たり前のように唇を塞がれる。

互いに舌を差し出し、舌先を擦り合わせる。そうやってはじめは甘く絡め合っていたが、次第に激しい口づけへと変わっていった。

「ん、ん…、んっふ……」

「ユーニス……、心配しなくても、僕は君を手放す気なんてない」

「リオン……」

「誰であろうと邪魔はさせない」

リオンは熱を孕んだ眼差しでユーニスを見下ろす。

達したあとも身体を繋げたままだったから、再び奥で力を取り戻していくのがわかる。

わざと腰を揺らされ、ねだるように最奥を突かれて思わず甘い声を上げた。

「あ…っ、ん」

「……もう一度、いい？　今度はもっと優しくするから」

「ン…ッ、……は、い……」

甘く響く低い声。

淫らに誘う眼差し。

求められることに胸が高鳴り、ユーニスは恥じらいながら頷いた。

すると、ゆっくりとした抽送が始まり、同時に首筋や乳房を舌と指で愛撫される。

「あ…あっ、あぁ…っ」

足首を摑まれて、彼の肩にかけさせられると、腰を揺らしながらふくらはぎや内股を丁寧に舐められた。

「ユーニス、僕はどんなことをしてでも君の傍にいるよ」

「んっ、あぁっ、リオン……ッ」

「……僕たちは、ずっと一緒だ」

リオンは何度も囁く。

寄せては返す快楽の波の中で一つに溶けていく感覚を知り、無性に離れがたい気持ちにさせられた。

彼のすべてが身体の隅々までしみこんでいくようだ。

いつしか太陽の光が窓から差し込む。眩しさを肌で感じながら、二人が気を失うように眠りに就いたのは朝方のことだった——。

終章

晴れ渡る高い空。肌を撫でる穏やかな風。

今日は短い秋の終わりに訪れた小春日和だ。

火事があった日から一週間後の昼下がり、リオンはユーニスを連れて裏山まで散歩に来ていた。

「――リオン、私、この風景を見たことが……。あっ！　あなたが昔描いた絵で見たのかもしれないわ……っ！」

裏山といっても屋敷の裏手にある小高い丘をそう呼んでいるだけで、緩やかな勾配《こうばい》の道もあるから、女性でも苦労せず歩いて行ける場所だ。

中腹まで登った辺りで横道に逸れると、樹木に囲まれた広い空間がある。そこはゆっくりするには打って付けの場所で、彼女と休みたいと思って連れて行ったところ、ユーニスは目を輝かせていた。

「時々、鳥の歌を聴きにここに来るんだ。以前は暇を持て余していたから、季節ごとに画材道具を持ち込んで絵にしていたんだよ」

「そうだったんですか」

ユーニスは感心した様子で頷き、辺りを見回す。

ゆっくりと瞼を閉じ、「鳥の歌…」と呟いて耳を澄ませる。

彼女の唇はすぐに綻び、そこかしこの木々にとまった小鳥のさえずりを愉しんでいるようだった。

リオンはその愉しげな表情に目を細める。

こんなに穏やかな気持ちでいられるのも、昼下がりに二人きりで過ごせるのも、久々のことだ。この一週間はかつてないほど目まぐるしく過ごしていたから、余計にそう感じるのかもしれなかった。

——あれから、まだ一週間。もう一週間……。どっちなんだろう。

木の葉が風で揺れる音を感じながら、リオンは小さく息をついた。

火事があった翌日、リオンは予定どおりカミユを伴ってイングラム邸まで謝罪に向かった。

あのときは朝方までユーニスを抱いていたから本当はもっとゆっくりしていたかったけれど、昼前には屋敷を出て二時間ほどでイングラム邸に着いた。

その際、カミユが取り乱すようなことはなかった。

カミユが連れ戻されるきっかけとなった、誰のものとも知れない手紙のことを話題に出し、あれが誰からのものか疑問に思っているが、大人しくしていれば詮索しないという提案をしたのだ。

そのときのカミユの蒼白な顔は、まるで自白しているようだった。

やはり自ら居場所を報せたのだと一層強い確信を抱いたが、大人しくしている限りはリオンも胸に留めておくつもりでいる。

また、カミユの態度が急に変わったのも不思議だった。

火事があった翌朝、衛兵に見張らせていた部屋に向かうと、カミユはリオンを見て青ざめたあと、ガチガチに身を固めながら愛想笑いを浮かべたのだ。そのへつらった態度を見て、『身を滅ぼす覚悟』という一言が思いのほか効いたのだろうかと考えたりもしたが実際のところはわからない。

それでも、火をつけたことに関しては、カミユは決して認めようとはしなかった。

もしかして、あれは別の誰かがしたことなのだろうか。

頑《かたく》なに『僕じゃない』と言うカミユの目は嘘をついていない気がして、リオンはイングラム邸に行く前にアルフレッドに疑問を投げかけてみた。

『――リオンさま、あなたがこの家の主人で居続けてほしいと思う者は、私だけではありません。ご自分で思うより、あなたを慕う者はずっと多いのですよ』

アルフレッドはそう言って微笑んでいた。

それではまるで使用人の誰かがカミユの部屋に火をつけたと言っているみたいだ。

リオンのためにそうした者たちがいると言われているようにも聞こえ、よくわからなくて首を傾げたが、『どうか目を瞑っていてください』とだけ答え、アルフレッドはそれ以上は教えてくれなかった。

リオンもそれ以上は追及せず、小さく頷いてイングラム邸に向かった。

屋敷に火をつけるなど決して褒められることではない。不確かな憶測ではあったが、『その誰か』のほうが、カミユより守りたいものだと思えたからだ。

一方、イングラム邸に着いたあとのカミユは終始顔を引きつらせていた。

イングラム侯に頭を下げている間も、今後の話し合いをしている間も、向こうの家に婿養子として入ることが決まったあとも、ぎこちない愛想笑いばかりしていた。

両親と同じで、カミユも強者に弱い人間なのだろう。

その後は諦めた様子で令嬢と再会の抱擁《ほうよう》を交わし、相手の強い意向もあって今はもうイングラム邸で生活している。

リオンはというと、今後のことを円滑に進めるためにほぼ毎日イングラム邸に足を運んで、さまざまな取り決めをしていた。結婚は家と家との結びつきでもあるから、マクレガー家の当主として最低限のことはしなければならなかったのだ。

「……なんだか、久しぶりに二人きりですね……。この一週間、ほとんど一緒にいられなかったから寂しかったです……」

考えごとをしていると、ユーニスの囁きが耳に届く。

彼女はまだ鳥のさえずりに耳を澄ませているようで、目を閉じて微笑んでいた。

——本当にかわいい人……。

そよぐ風で揺れる金色の髪も、雪のように白い肌も、彼女の存在すべてが愛おしくて堪らなかった。

「もう何も心配いらないよ。すべて片がついたからね」

「よかった……。あ、そういえば、お義父さまもお義母さまも不思議がっていました。自分たちはあんなに苦労したのに、リオンはどんな魔法を使ってイングラム侯に許してもらったんだろうって」

そう言って、ユーニスはクスクス笑う。

リオンは彼女の顔をじっと見つめ、呆れながらため息をつく。

「……僕は特別なことは何もしていないけどね」

「そうなんですか？」

「そうだよ」

あの二人が一体どんな苦労をしたというのだろう。

聞けば、両親は何度かイングラム侯に手紙を送っていたようだが、いつも言い訳ばかりで謝罪の文面などどこにもなかったというのだ。

イングラム侯の娘に対する愛情はかなりのものではあったが、リオンが受けた印象では真摯な態度であれば耳を傾ける人だったため、まともな謝罪があれば両家で協力してカミユたちを捜すという建設的な話になっていたかもしれない。

お陰でイングラム侯は今でもこちらの両親のことが好きではないようだった。

本当はカミユのことも気に入らないようだが、娘と腹の子のためにぐっと我慢しているといった様子だ。それでも、その監視の目は厳しく、カミユにとってこれから胃の痛い日々が続いていくのだろう。

——確かにあの令嬢のわがままに付き合うのは大変そうだけどね。

リオンはふっと唇を緩める。

令嬢には何度か会ったが、カミユの気持ちが少しだけわかる気はした。

彼女は基本的に自分では何もしない。

身の回りのことはすべて相手にやってもらおうとする。

無邪気な顔であれこれ命令し、滞ることがあると『私が好きじゃないの？』とぐずり始める。どうやらそれで相手の愛情を測っているようだが、付き合うには相当な覚悟がいる相手であることは間違いなさそうだった。

だからこそ、カミユはユーニスにぐらついたのだろう。

ユーニスはわがままで相手の愛情を測ったりはしない。

相手の気持ちをくみ取って、どんなときも労りを忘れない。

美しく心優しい元婚約者。

そんな女性が、今は弟と結婚して睦まじく過ごしている。

自分よりずっと下の存在だと思っていた弟がそのような幸運を手に入れたことが許せず、なんとか彼女を奪い取ろうとした。昔からほしいものはなんでも与えられてきたから、両親に泣きつけばそれができると思ったのだろう。

本当に愚かだ。

そんなことを誰がさせるというのか。

――ユーニスは僕の宝物だ。

誰に構われることなく、誰にも興味を抱くことなく生きてきた自分の手に落ちてきた宝物だ。どんなことをしてでも手放す気はなかった。

「だけど、私……、最近、お義父さまやお義母さまがあなたを少しずつ見直しているのがわかって嬉しいです」

「……見直している？」

「イングラムさまはあなたのことをとても褒めていたそうじゃないですか。カミユさまではなくあなたに婿に来てほしかったと、それは残念がっていたとか……。それを聞いてお義父さまもずいぶん感心しているようでした。これまでどう接していいようと、お義父さまもお義母さまも周りの評価で簡単に見方を変える人のようですから……」

「あぁ…」

ユーニスは寂しげに微笑む。

せっかく外に連れ出したのに、彼らのことでこんな顔をさせてしまった。

リオンは滑らかな頬に手を伸ばし、慰めるつもりでその唇にキスを落とした。

「……ん」

彼女の柔らかな唇が小さく震えている。

しかし、少々いきなりすぎたのか、唇を離すと、彼女は顔を赤くして周りを気にしながらリオンを窘めた。

「……ここではだめです。皆が見ています」

「皆…？」

皆とは誰のことだろう。

人の気配はない。ならばなんのことだろう。

まさか、そこかしこにいる小鳥やリスたちのことだろうか。

周囲を気にする彼女の様子を見るに、間違いなさそうだ。

――たまらないな……。

自分は彼らに見られてもなんとも思わないが、こんなことを恥じらう彼女がかわいくて目を逸らす。これ以上見ていたら、この場で押し倒してしまいそうだった。

「あ…、そうだった……」

しかし、そこでふと、リオンはあることを思い出す。

辺りを見回し、鳥の姿に目を留めて一人歩き出した。

「ここにいて。すぐ戻るから」

「え…、はい」

きょとんとするユーニスに笑いかけ、リオンは立ち並ぶ木々のほうへと向かった。

林に入る手前にある大きな切り株。

ここは絵を描くときに、よく腰掛けていた場所だ。

リオンは懐からハンカチを取り出すと、切り株の上でそっと広げた。

すると、黒い木の実が三つ、ハンカチの上でころんと転がる。

リオンはそれを感情の籠もらぬ目で見下ろすと、ゆっくり切り株から離れ、ユーニスの元に戻った。

「ごめん」

「いえ…、何か置いてきたんですか？」

「……うん、まあね」

彼女は切り株のほうに目を凝らしていた。

ここからだとはっきりとは見えないが、リオンも同じように切り株に目を向ける。

やがて羽ばたきの音と共に小鳥たちが切り株に下り立ち、ちょこちょこと動き回ってから先ほどの木の実を啄み始めた。彼らはきっと、リオンが切り株に置くところを見ていたのだろう。

「……あの夜…、採りに行ってたんだ。あの人たち、にごちそうしてあげようと思って……」

「……？」

ユーニスは不思議そうに頷いている。

けれど、これ以上は教えてあげない。

彼女は知る必要のないことだからだ。

「いろいろなことが起こって、ごちそうする機会がなくなってしまったからね。小鳥たちにあげることにしたんだよ」

一人で過ごしていた長い時間、リオンはさまざまなことをして暇を潰した。

怪我をした動物の世話をしたり、絵を描いたり、植物を育てて得た知識もあった。

三粒の木の実。

ちょうど人数分。

小鳥たちにはごちそうだが、彼らにとってはどうだろう？

「今後、あれをまた採りに行くことがなければいいけれど……」

小鳥たちが啄む様子を、リオンは穏やかな笑みを浮かべて見ていた。

ユーニスは不思議そうに切り株とリオンを交互に見ていたが、これ以上の答えは返ってこないと思ったのだろう。無理に詮索はせず、気持ちを切り替えた様子で空を見上げていた。

「あっ、そういえば、私わかったことがあったんです」

不意に彼女は声を上げ、リオンを振り向く。

その顔は、なぜかとても嬉しそうだった。

「何がわかったの？」

「あなたが描く人物画は、たぶん私が初めてだということです」

「……へえ」

「違いますか？」

「……そうだよ」

「やっぱり……っ！」

素直に頷くと、ユーニスはますます嬉しそうに笑った。

彼女はどうして喜んでいるのだろう。

リオンにはよくわからなかったが、そんなことはとっくに知っているものだと思っていたから少し驚く。

やはり下手だからそう思ったのだろうか。

――別にいいけどね……。

キラキラと輝く青い瞳。

ユーニスに出会って、初めて人がこんなに綺麗だと知った。

見ているだけで胸が苦しくなってくる。

もっと上手に描けるようになったらどんなにいいだろう。

これまで、どんなものでも見たままを描けたのに、ユーニスだけはなかなかうまくいかない。想いが強すぎて、頭の中のキラキラとしたまばゆい光が邪魔をするから、それを表現するのがとても難しかった。

「これからも君を描いていい？」

「ええ、もちろん」

「たくさん描いて、いつか上手になるから……。最初にあげた絵と交換できるくらいになるから……」

「交換…は、やっぱり少し寂しいです。初めてもらったあの絵は宝物なんです。あのときからずっと、私はあなたの描く私が大好きなんです」

「……っ、……じゃ…、じゃあ……、交換……しなくていい。これからずっと君だけ描く。上手になったらそれをあげる」

「ふふ…っ、あなたの赤ちゃんを抱いた姿も描いてほしいです」

「えっ!? で…、できた…の…?」

「まだですけど」

「……そ、そっか……」

彼女はにっこり笑ってリオンの腕にしがみつく。

胸の膨らみが当たって、反応に困る。

今さらそれくらいでと思っても、ユーニスの傍にいるとドキドキしてしまうから仕方がない。

いつか彼女との子ができるんだろうか。

どんな子だろう。

どんな子でもいい。

かわいいに違いないから。

——でも、君に似た子だといいな……。

ユーニスをこっそり見つめると、彼女は目を閉じて小鳥のさえずりに耳を澄ましていた。

彼女と同じものを感じていたいと思い、リオンも目を閉じる。

軽やかで躍《おど》るような鳥の歌声。

そのときの鳥のさえずりは、今まで耳にしたどんなものより愉しくて、とても幸せな音をしていた——。

あとがき

最後まで御覧いただき、ありがとうございました。作者の桜井《さくらい》さくやと申します。

今回は自分がつけた仮タイトルがそのまま採用されたので、少しどきどきしています。

冒頭に出てくるリオンの第一声が自分の中でぴったり嵌まっていたこともあって、なんだか感慨も大きく……。そして、初稿を読み終えた編集さんが、リオンを『森の妖精さん』と言っていたのが思い出深いです。それ以来、私の中でもリオンはそういうイメージの人になりました。

そのリオンはのんびりとぼんやりと生きてきたわけですが、ユーニスと出会い、彼女を好きになり、二人でいるためなら平然と何かしてしまいかねないといったところを、ひっそり描けたらと思いながら仕上げました。お楽しみいただけたなら嬉しいです。

さて、今回はあとがきに割けるページがぎりぎりのため、短いですがここまでのようです。この本を手にとってくださった方、イラストを担当してくださったアオイ冬子《ふゆこ》さん、本作に関わっていただいたすべての方々に御礼を申し上げます。

ここまでおつきあいいただき、ありがとうございました。

皆さまと、またどこかでお会いできれば幸いです。

桜井さくや

この本を読んでのご意見・ご感想をお待ちしております。

◆ あて先 ◆

〒101-0051

東京都千代田区神田神保町2-4-7 久月神田ビル

㈱イースト・プレス　ソーニャ文庫編集部

桜井さくや先生／アオイ冬子先生

はじめまして、僕《ぼく》の花嫁《はなよめ》さん

2017年10月5日　第1刷発行

著　　者　桜井《さくらい》さくや

イラスト　アオイ冬子《ふゆこ》

装　　丁　imagejack.inc

D T P　松井和彌

編集・発行人　安本千恵子

発 行 所　株式会社イースト・プレス

〒101-0051

東京都千代田区神田神保町2-4-7 久月神田ビル

TEL 03-5213-4700　FAX 03-5213-4701

印 刷 所　中央精版印刷株式会社

ISBN 978-4-7816-9610-2

定価はカバーに表示してあります。